多彩民族文学书系
DUOCAI MINZU WENXUE SHUXI

涪我的河

完班代摆 著

贵州出版集团
贵州民族出版社

图书在版编目（CIP）数据

浴我的河 / 完班代摆著 . — 贵阳 : 贵州民族出版社, 2023.12

（多彩民族文学书系 / 王华主编）

ISBN 978-7-5412-2844-5

Ⅰ.①浴… Ⅱ.①完… Ⅲ.①散文集—中国—当代 Ⅳ.①I267

中国国家版本馆CIP数据核字(2024)第003292号

DUOCAI MINZU WENXUE SHUXI
YU WO DE HE
多彩民族文学书系
浴我的河

著　　者：完班代摆
主　　编：王　华

出版发行：贵州民族出版社
地　　址：贵州省贵阳市观山湖区会展东路贵州出版集团大楼
印　　刷：贵阳精彩数字印刷有限公司
版　　次：2023年12月第1版
印　　次：2023年12月第1次印刷
开　　本：787 mm×1092 mm　1/16
印　　张：9
字　　数：150千字
书　　号：ISBN 978-7-5412-2844-5
定　　价：48.00元

编委会

顾　　问　彭学明　石一宁

主　　编　王　华

策　　划　孟豫筑

特约策划　谢亚鹏

项目执行　王丽璇

成　　员（按姓氏笔画排列）

　　　　　　王丽璇　石芳荣　龙志敏　李庆怡　李江山
　　　　　　杨成星　吴志强　吴治由　陈欲倩　苗可心
　　　　　　孟学祥　孟豫筑　赵卫峰　徐必常　郭堂亮
　　　　　　谢亚鹏　黎弘毅

序　言

　　人生离不开阅读，如同生命离不开水源。人可以食无肉，不可闲无书。宋代名士黄庭坚说过："士大夫三日不读书，则义理不交于胸中，对镜觉面目可憎，向人亦语言无味。"阅读，是我们拓宽视野、启迪智慧的必经之路，也是我们慰藉灵魂、赋予心灵安然平静的必经之路。

　　书海茫茫，看上去我们阅读的选择性越来越大，可正是在这种情况下，我们可能变得盲目。对我们而言，选择读什么书，是一个值得思考的问题。

　　经典似乎是一个不错的选择。但是，不同时代会有不同的经典，每个领域也有各自的经典，而每一个新的时代又会产生新的经典。在时间长河中流传下来的经典固然要读，但在新时代产生的新经典也要读。虽说选择名家名作是不错的，但你一定要相信，就在你读那些已知的名家名作之时，另一些名家名作正在悄然诞生。或者说它早已问世，但我们尚未得知。个人的阅读视野总是有限的，如果我们盲从于已知，就更有限。如果我们只顾埋头于脚下，就会错失头顶的满天星斗。

　　"多彩民族文学书系"从我国各民族知名作家，以及各民族具有文学创作潜力的新兴作家的代表作中收录作品，涵盖小说、散文、诗歌等体裁，可为读者提供丰富而纵深的阅读空间。贵州民族出版社为

我们推开了一道阅读之门，同时也向世界打开了一扇阅读之窗。贵州民族出版社透过这个窗口，向世人展示了中国文学丰富深邃的思想精髓和艺术之美。

希望我们在阅读过程中，能够体味和感知到中国文学多元、多彩而又独特的文化内涵和文化价值，从而实现自己精神的升华，达到心灵的通达和豁然。

或者让"多彩民族文学书系"，陪我们度过某一段安闲时光。

前　言

在碎片化阅读和快餐式文化消费的时代，在加速城镇化、旅游化建设的进程中，发现、挖掘、整理和弘扬民族文化，显得尤为紧迫和重要。为此，我曾走访了许多村寨，接触了许多人。他们日出而作，日落而息；他们勤劳善良，坚忍执着。他们默默地为美好生活而奋斗。然而，因为知识的匮乏，他们的愿望常常被现实击碎。不过，他们又总是能重拾信心，从碎片中萌发新的希望。关注他们的生活状态，探索他们丰富的精神世界，挖掘他们所在地厚重的历史文化底蕴，看文化如何滋养他们的心灵，从而给生活茫然的人们提供更多的精神力量。

这样的精神力量带来的是灵魂的重塑和远播。这就使得我的行走和书写所蕴含的"民族情怀"和"文化乡愁"有了现实的观照意义。由此，"知识救赎"就成了我观察乡村的路径和窗口。作为知识改变命运的先知先觉者、作为"知识救赎"的样本，沃里坪以她源远流长的教育沿革和丰富多彩的人文荟萃，很好地诠释了知识对社会发展、经济建设乃至人格塑造的影响。从这个意义上讲，沃里坪极具典型性和示范性。这是我为什么要把沃里坪作为书写对象的理由和依据，也是我写作此书的出发点和落脚点。

当我怀着对先贤的敬意，一次又一次走进这片神奇的土地之后，才逐渐感觉到，在漫长而浩渺的时空中，沃里坪的历史和人文就像是一道闪电，正以优美的身姿撕裂着夜空中的孤寂与黑暗。这是一种奇妙的幻觉，也是一个浪漫的隐喻。与雷声的到来不同，闪电的出现经过了精心的准备和铺垫，给人以突然的错愕与惊喜。闪电过去了，可它那被燃烧的树枝形光弧依然停留在我们的视网膜上。这就好比沃里坪的历史人文，虽然随着时间的流逝与我们渐行渐远，甚至消失在世间的尘埃之中，但它们曾经发出的光亮，却依然在人们的精神世界里熠熠生辉，似人生的灯塔，照耀着前行的道路。

事实也正是这样。当我在沃里坪听到一个个既暖心又励志的故事并被它们打动时，所有的感官都朝它们开放。虽然，故事中的人物和场景都消失了，但我的心灵和情感却依旧眷恋着它们。

时至今日，当我伏案写这本书的时候，我仍记得第一次走进沃里坪听当地老人讲故事时的情景。记忆之门被徐徐打开，一幕幕陈旧的布景出现在眼前，敞露出沃里坪的一草一木，一山一水，令我沉迷其中。我就像一个拓荒者，面对着遍野的庄稼，情不自禁地表达出我对这片土地的热爱和敬意。

我知道，当这种热爱被演绎成文字的时候，我对沃里坪的书写就有了新的立意。

那是一个初秋的傍晚，夕阳的余晖流泻在村头的瓦檐之间，无意中给即将进入黑夜的村庄抹上了一点跳动的亮色，给人以美好的遐想。凉爽的风从比秋山上吹下来，越过树枝和黑瓦，吹拂在我的身上和正在讲述的故事里。故事中的人物和场景随着风向的变化和叙述者的声音，断断续续地延伸出来，忽隐忽现，忽喜忽悲，就像田野里的秧苗和山间里的青草，只有风吹过时，才能看到绿色柔软的波动。这些故事的节奏就是风的节奏，是青草起伏的节奏，是乡村寂静无人的旷野的慵懒与静谧。我坐在村中广场边的枫树下，摒除杂念，竖起耳朵，等着老人讲述沃里坪的前世今生，等着风送来令人沉醉的音乐，送来初秋田野的芳香。

这些故事大都与沃里坪的龙氏家族息息相关。沃里坪的龙氏家族，曾为苗族教育做出了积极的贡献，为苗族人才的培养提供了沃里坪方案。也正是在这个方案的引领下，沃里坪龙氏家族才培养出了以龙绍华、龙正学、龙伯亚等为代表的一大批优秀人才。他们或像展翅翱翔的雄鹰，在天空中盘旋，俯瞰大地；或像扇动翅膀低空飞行的小鸟，在林间发出清脆而婉转的叫声。他们走出大山后，在各自的岗位上尽职尽责，取得了斐然的成绩，为社会的发展贡献了沃里坪人的智慧和力量。正是他们的坎坷经历和出色表现，赋予了故事丰富的色彩，从而使得这些故事有着引人入胜的情节和催人奋进的力量。所以，它们留在我脑海中的印象，宛如田野里的稻穗，是对丰收的向往，是对秋天的礼赞，也是心灵之自由的记录。

在沃里坪人的行为规范中，在一脉相承的良好家风里，我看到了那个层层包裹在故事里的核，一个独属于沃里坪的意识体系，就像闪电，在短短的一瞬间，我与它不期而遇，但它却又转瞬即逝。我想向先贤请教经验的心情十分迫切，使我不顾一切地想抓住它，留住它。

故事的开始可以追溯到清代光绪年间。有一年，沃里坪龙氏家族的一名知识分子，也就是龙献庭的父亲，从县城回到了家乡，创办了一所私塾。他创办私塾，倡导人文教育，培育才俊，为苗族地区的人才培养搭建平台。他相信，知识能改变命运，知识能促进发展，这也是他要在沃里坪创办私塾的理由和动因。由此，他不光成就了自己，更为晚辈点亮了一盏明灯。

这盏明灯，就像夜空中的星辰，亘古而辽远，自从点亮，就再也没有熄灭过。直到1954年，根据松桃全县教育的总体规划和布局，这所由私塾沿袭下来的小学校才搬出沃里坪。但由它派生出的荣耀却一直在延续和铺展，并激励着一代又一代沃里坪人在求学的道路上不畏艰辛，砥砺前行。

像汪洋中的一条小船，沃里坪私塾从创办之日起，就注定会在风雨中踏着时代的节拍，承载着家庭的梦想，抵达知识的彼岸。从私塾到义学，沃里坪的小学校完成了清朝末年苗族地区教育的最后跨越，同时也见证了封建教育的寿终正寝。到了民国，受新文化运动的影响，教育也面临着诸多改良。

改良风波席卷全国，偏居一隅的沃里坪也不例外。在国民政府的主导下，沃里坪义学遂改良为小学堂。不久，经过龙献庭之子龙绍华的不断呼吁和请愿，小学堂获得升格管理，变成贵州省立边疆第一实验小学，从而被纳入国家教育体制序列。中华人民共和国成立后，社会主义教育制度的春风吹进学校，过去陈旧的教育模式已经不适应新时代的发展，沃里坪的贵州省立边疆第一实验小学又改成松桃县第一民族完小，并迁移至世昌区政府所在地的臭脑，使更多的苗族学生得以上学读书，充分体现了党和国家对苗族教育的关切和重视。

就这样，沃里坪小学不断经历着时代的风云变幻。然而，无论时局如何动荡，社会如何变迁，沃里坪人都能顺应时势，一心一意把学校教育以接力的方式传承下来，并发挥到极致，为苗族地区培养了大量人才。

对此，沃里坪龙氏家族功不可没。

这也是沃里坪人的骄傲与自豪。

沃里坪小学这条汪洋中的小船，在历经了时代的风云变幻后，终于耗尽了最后的力量，停泊在了1954年，成了沃里坪人的精神象征和文化名片。

许多年后的今天，我拿着这张落满了历史尘埃的文化名片，犹如获得了进入沃里坪的入场券，可以在其人文地理间自由行走，也可以对其历史深处的一些细节进行拷问和探寻，让我的书写有一种现场感和代入感，同时也洋溢着浓郁的历史味和深厚的文化情。

回溯沃里坪办学的历史脉络，我们就可以回到知识救赎的初衷和原点。的确，对于沃里坪来说，办学的历史几乎可以涵盖它的前世今生。那些至今还飘荡在村头寨尾的一丝丝文化气息，就是办学的历史遗留下来的精气和沉香。

陶醉于历史的沉香里，我惊喜地发现，沃里坪的教育在惠及了周边苗族群众的同时，也惠及了龙献庭的孝子贤孙。龙献庭育有七个儿子，他们都曾在私塾或义学读过书,受过启蒙,是沃里坪学校教育的受益者和见证人。他们在父亲的教导下,刻苦学习,接受了良好的启蒙教育和初级教育,为他们日后成家立业夯实了基础,也为他们的后代树立了榜样。榜样的力量是无穷的。在他们的言传身教下,他们的孩子龙正学、龙伯亚、龙坤等也背着书包走进了学校。他们在沃里坪学校学习,获取了知识,这使得他们在未来的人生道路上不迷失方向,并在各自的领域取得了一定的成就。正是这种重视教育的态度,对知识的推崇备至,才使得他们的子孙后代文脉相连,知书达理,有所作为,成为推动社会发展的人才。

除此之外,还有更多的默默无闻者,也是借助了沃里坪学校的光亮,照见了自己的前程,并在各自的岗位上辛勤劳动,释放出炽热的能量。

这就是教育的力量,也是教育带来的必然结果。

从沃里坪的历史走出来之后,我一直在想,随着一段光辉历史的消失和一些先贤遗老的故去,苗族历史文化的传承面临重重困难,日渐式微,令我们这代人在即将退休之际有一种失落感,甚至是挫败感。这也是我写这本书的主要原因。

从沃里坪的学校走出来的那几代知识分子都各有抱负,也各有机缘。他们各有千秋,也各有完成自己心愿的途径。正如我们这一代和下一代,也应该是这样。

由此,我似乎得到了一个启示:一个民族最需要的是创造文化和传播文化的人。沃里坪正是因为有了这些创造文化和传播文化的人,才成了闻名遐迩的历史文化之乡、钟灵毓秀之地。

听上去,这些故事不只是在叙说沃里坪的历史,更是指向历史中孕育的文化意义。当文化处于自在自为的状态时,先贤和遗老与生俱来的尊严便得以昭示。如今,随着后人开枝散叶,各奔东西,文化的继承和发扬就显得相当重要,同时也变得十分艰难。故事的情节表面上说的都是逸闻趣事,其实也蕴含着文化振兴的期盼。

在对沃里坪的书写中，我试图以回望的视角，尽可能地窥一斑而知全豹，找到问题的症结，并提出解决方案。这是一种态度，也是一种表达。这种表达当然只能通过我最熟悉的文学的方式来实现。在相关的人物和事件中，在人们的口述和传说中，我尽力去挖掘更多的更生动的细节，去想象更广阔、更鲜活的场景，在历史的虚实之间，把文学与这片土地上的人和事紧密地联系起来，完成建立在知识救赎背景之上的散漫随想。我希望这种随想能切入历史，切入人文，从而折射出这片土地所蕴藏着的全部的丰富性。

我知道，这不是一件容易的事情，它需要许多人的前仆后继。

目 录
Catalogue

第一章　一个苗寨的逐梦之旅 / 001

肥沃的土地开满梨花 / 002

创办私塾 / 005

义学的兴起 / 009

倡导新学 / 015

亲历者 / 022

动人善愿，其量无涯 / 028

光荣与梦想 / 031

脱贫记 / 036

第二章　苗岭深处的掌灯人 / 039

求学时光 / 040

子承父业，杏坛春晖 / 051

经世致用，研究苗文 / 055

为善最乐 / 057

第三章　新苗文的筑基人 / 061

背诗的少年 / 062

负笈外地 / 065

金榜题名 / 071

淬火成钢 / 074

重返教坛 / 081

再访龙玉六 / 084

情系故乡学子 / 087

第四章　苗族历史文化的探寻者 / 093

进步的阶梯 / 094

镞砺括羽 / 101

云程发轫 / 106

逐梦北京 / 110

有志何惧路漫漫 / 116

结　语 / 123

后　记 / 127

第一章
一个苗寨的逐梦之旅

肥沃的土地开满梨花

在松桃乃至腊尔山广阔的山区，沃里坪可以算得上是富有传奇色彩的苗族村寨。

沃里坪的传奇就像撕开天际的晨光，从寨后两座名叫比秋和格庙的高山上倾泻而下，漫过翠绿的枞树、杉树和各式各样的灌木，漫过坚硬的石头和肥沃的土地，漫过潜伏在山脊上的蜿蜒战壕，漫过寨子中的袅袅炊烟和悠悠山歌，成为沃里坪人无法磨灭的记忆。在沃里坪的山水之间，传奇是疼痛，也是快乐；是天意，也是宿命。因为传奇，沃里坪才显得更加精彩。

而传奇的演绎是要靠人来完成的。这些演绎传奇的人，无疑就是沃里坪舞台中央的主角。他们通过各自的奋斗历程，在讲述好自己的人生故事的同时，也讲述了沃里坪的过去、现在和未来。他们的人生故事，为我们打开了进入沃里坪的秘密通道，让我们窥见了隐藏在历史深处的细节。他们重视教育的观念像一条奔腾不息的河流，润泽着沃里坪人的心灵。他们是夜空中的萤火，虽然微小，但却努力地发出亮光，为前行的人带来光明。他们就是以龙献庭、龙绍华、龙正学、龙伯亚等为代表的沃里坪的乡绅贤达和仁人志士。一直以来，他们在不同的历史时期，于各自的人生道路上赓续和坚守着优秀的文化血脉，使沃里坪的经济社会在文化的助推下得以发展，人们的幸福指数节节攀升。

沃里坪的历史悠久，文化底蕴深厚，是一个遍布着苗族文化根系、流淌着苗族文化血脉的古村落。早在春秋战国时期，迁徙至武陵五溪的一支龙姓苗族就在这里开疆拓土，建设家园，创造了灿烂的文化。尤其是近代以来，以龙绍华为代表的苗族知识分子继承先辈的志向，继续投身教育事业，授业解惑，传播知识，为苗族文化的传承和发展做出了积极的贡献。

沃里坪就是这样在苗族文化的浸润中，人才辈出，传奇不断，成为一座极具特色的文化村落。

顾名思义，沃里坪就是有着肥沃田土的寨子。清朝光绪年间，作为土把总的龙献庭拥有周边苗族村寨的管理权，不仅管理这些苗寨的日常事务，也管理这些苗寨的土地。不管历史的风云如何变幻，沃里坪人总是能够在这片土地上顺应时势，辛勤耕耘，日出而作，日落而息，用汗水和热血浇灌庄稼和草木。他们坚信，有春天的播种就会有秋天的收获。正是这种朴素的生活观和价值观，孕育和催生了沃里坪的世代传奇。

后来，在有意与无意之间，也有人把"沃里坪"写成了"禾梨坪"，其意思不言而喻，就是这个地方到处都生长着梨树。梨树树干有粗皮包裹，树枝撑开如伞。梨树一般在春天开花，秋天结果。梨树系蔷薇科梨属乔木植物，花色洁白如雪。梨花既靓丽，又给人一种清冷的感觉。自古以来，梨花深受人们的喜爱，其素净的芳姿、淡雅的清香，更是博得历代诗人的青睐与推崇。

梨花的绽开不仅仅是一次美丽的怒放，它还能够给人们带来甜蜜的果实。花朵与果实，把沃里坪人的生活装扮得丰富多彩。在沃里坪，每当春天来临的时候，漫山遍野梨花绽放，像一只只美丽的蝴蝶，于温暖的微风中翩翩起舞，给寂静的村寨增添了许多迷人的神韵。梨花也像朵朵白云，从周围的山顶上缓缓铺展开来，一浪推着一浪，最后在一片片屋檐下与人间烟火相互交融，构成一幅富饶和谐的乡村画卷。

遗憾的是，那些漫山遍野的梨树在大炼钢铁的年代被毁。

然而，不管是"沃里坪"还是"禾梨坪"，它们都表达了沃里坪人对美好生活的无限向往。

在这里，我还是用"沃里坪"这个称谓，虽然今天沃里坪的梨树已经不在，梨花已经不开，但那片肥沃的土地却义无反顾、一如既往地以母亲的姿态哺育着沃里坪人。

创办私塾

龙献庭的父亲是一个名声远播的私塾先生，是那个时代少有的苗族知识分子。青年时期，凭借丰厚的知识积累和扎实的基本功，他在县城的一家学馆谋得了一个教书的差事，以教书为业，补贴家用。那时候，从沃里坪走路到县城要大半天时间。所以，一般情况下，只有在假期或农忙的时候，他才回到家中帮忙干农活。据沃里坪的老人说，其实，他回到家中也不太干农活，因为他不会干，再加上身体瘦弱，耕地时，连犁头都扶不起。有一次犁稻田，在往耕牛的脖子上套牛轭的时候，他还被牛踢了一脚，倒在田里，弄得一身的泥。因此家里人就不让他干了。家人一边牵着牛，一边嘀咕道："除了教书，你还能干点什么？"对此，他也不辩解，只是默默地看着那头牛。获得了片刻休息的牛在田埂上散漫地吃着草，看不出有任何忧愁和烦躁。看到从容淡定的牛，他反而感觉到无奈和痛苦。因为，他清楚地认识到，在第六个孩子降生之后，他不可能一个人再回到县城过清闲自在的日子了。六个孩子就像六座大山，把他压得喘不过气来。很多时候，他就像夜晚的孤灯，黑暗中还透着豆粒般大小的光亮，照着苦日子慢慢地熬着，熬到孩子们长大成人。

在他看来，既然已为人父，就必须要有所担当，有所作为。但怎样担当，如何作为，在决定离开县城之前，他的心中并没有答案。他回到家乡之后，亲身经历了许多事情，才知道当家不易。虽然在家可以照顾家人，但没有了事做，没有了收入，生活将变得更加艰难。面对嗷嗷待哺的孩子，他无计可施。于是，他常常爬上比秋山，面对太阳升起的方向，遥望着远处的山光水色，发出呐喊："我该怎么办？"这一声充满忧愁的呐喊在苍茫的天空下，顺着风翻山越岭，向未知的远方飘散。

在无数个辗转反侧的夜晚之后，他决定在沃里坪创办私塾。好在他是一个教书先生，在附近的苗族村寨一直得到人们的尊敬。于是，他想，如果在沃里坪办一所私塾，既可以挣点微薄薪金养家糊口，又可以教育孩子，还可以解决周边苗族子弟的读书问题。

他在沃里坪创办私塾的想法，得到了沃里坪人的全力支持，周边的苗族群众听闻后也很激动。人们纷纷捐钱捐物，出工出力。他也信心满满，倾其所有，投入私塾的创建中。

众人拾柴火焰高。不到半年，私塾的校舍就建起来了。校舍占地面积200多平方米，设有教室、宿舍和食堂。校舍由五间瓦房组成，属砖木结构。建房的砖没有经过烧制，砌成墙后仍然是泥土的原色。这种泥土制成的墙有着较好的隔音效果，外面的一些噪声不会影响到孩子们的学习。房屋的柱子和穿枋都是用上等的杉木制成，圆润而结实，给人一种稳固而厚实的安全感。所有的石磉都用料石制成，上面雕刻有精美的龙凤图案，喻示着孩子们学成后能像龙一样扶摇直上，像凤凰一样展翅高飞。

校舍的用地是沃里坪人捐献出来的一块最好的空地，它位于一片坝子的中央。在平地本来就不多的地方，它显得格外珍贵。这充分体现了沃里坪人对教育的渴望和重视。

在建校舍的同时，人们还在校舍的后面移栽了几棵枫树。枫树是苗族人民的母亲树。这寓意着在枫树的护佑下，私塾能够有个好的气象，孩子能够健康快乐地成长。

那个时候，私塾的校舍成了方圆百里的标志性建筑。

就这样，沃里坪私塾在父老乡亲的热情帮助下开学了。私塾的开办对于沃里坪来说是一个创举。作为苗族地区为数不多的一所私塾，它充分表达了沃里坪人对知识的尊重。事实上，在苗族人民的生活极其艰难的情况下，能够把孩子们的教育和培养放在重要位置，这显然是一件非常奢侈的事情，也是一项难以完成的任务。但是，沃里坪人却竭尽所能为苗乡的孩子创造学习条件。这种对知识的渴望与执着的精神，令我们肃然起敬。

来这里读书的大多是沃里坪和附近苗寨的孩子。龙献庭的父亲又能教书育人了，这种美好的感觉激发了他的生命活力。从早晨到傍晚，他在琅琅的读书声中，享受着幸福的时光。

一开始，他一个人身兼数职，既教语文，又教数学，还要管理私塾事务。后来，高强度的工作让他的身体有些吃不消，于是他就从附近的苗寨请了一位先生帮忙上课。

私塾的开办，让寂静的沃里坪突然热闹起来，并增添了许多书香气息。很多时候，孩子们的嬉闹声和读书声交织在一起，成为沃里坪最生动的乐章。

沃里坪私塾在龙献庭的父亲的精心管理下，学习氛围浓厚，名扬四方。他的六个孩子也在私塾的书香浸润中慢慢成长起来。他对一切都感到心满意足了。人们总能看见他穿着长衫，手捧着书本，在去私塾的小路上吟诵着诗词。

更让他欣慰的是，他的大儿子龙献庭能够在众多的学子中脱颖而出，成为翘楚。作为父亲，他从不怀疑孩子们的胆识和潜能，他要做的事情就是站在孩子们的背后默默地支持和祝福。

最终，他的六个孩子不负期望，通过几年的学习，逐渐有所作为。龙氏家族在沃里坪不断地树立起了较高的家族威望。

就像历史的车轮无法阻挡一样，一个属于龙献庭的时代已经到来了。

义学的兴起

在兄弟六人中,龙献庭排行老大。在苗族的传统习俗中,老大是家族中承上启下的中坚力量。在少年时期,龙献庭似乎就意识到了这一点。所以,在各个方面,他都以身作则,帮父母解忧,急父母所急,做一些老大该做的事情。不论是学文还是习武,他都努力成为弟弟们的榜样。

天资聪颖的龙献庭在父亲开办的私塾里学到了知识,在江湖的摸爬滚打中习得了武艺。知识为他打开了认识世界的窗口,武艺为他赢得了应对世界的威力。更重要的是,他有理想,有抱负,也有情怀。在他有能力证明自己的时候,他开始跳出沃里坪,大胆地与外面的世界接触。他广交朋友,侠肝义胆,爱做善事。龙献庭凭借出色的个人魅力和能力得到清政府地方官员的赏识,被任命为"土把总"。一般情况下,土把总准许配备土兵(土把总所配卫兵的名称,后文同),具体多少视实际治理的范围大小而定,并按人头发放军饷。

就这样,能文能武的龙献庭在衙门的助推下走上了权力舞台,开始了自己的传奇人生。

自从当了土把总,龙献庭就有了自己的想法。在他看来,有了土把总的身份,拿着朝廷的军饷和俸禄,就应该为朝廷好好干活,但这绝不是为了欺压百姓,而是要保百姓万事平安,让百姓过上幸福的生活。事实上,龙献庭也正是这样做的。作为清朝政府治理苗族地区的一支重要力量,龙献庭领导的队伍为松桃苗族地区的经济社会发展起到了保驾护航的作用。在他的感召下，沃里坪周围的仁广、十八箭、臭脑、桃古坪、道水、仁务等苗寨被招抚。这些苗寨自然就成了龙献庭家族的世守之地和控制之区。

鉴于龙献庭协助清廷治理苗族地区有功，清政府在赐予他土把总之位的同时，还让他兼管蓼皋城集市的牛行税收。这可是一笔不菲的收入。也正是因为这笔不菲的收入，让他在掌管了牛行几年之后，陷入了一场官司。随着上市的物资逐渐增多，外来客商见掌管市场有利可图，在先后强行夺得米行和猪行的掌管权之后，又开始觊觎牛行的市场，试图用各种手段把牛行的掌管权也抢夺到手。龙献庭不服，经过多次诉讼，甚至遭受缧绁之灾，最终胜诉，保住了其对牛行的掌管权。对于龙献庭来说，诉讼的胜利，不仅赢得了财富，也赢得了威望。

龙献庭虽然为土把总，但他从不张扬，不跋扈，不欺凌旁人，做人做事都讲究公平和正义，深得百姓的爱戴。所以，人们都喜欢称他为"总爷"。

按照惯例，土把总一般都配有五十多名土兵，并按五十多名土兵足额配发军饷。但作为远近闻名的总爷，龙献庭统辖的队伍配额严重不足，常年在他左右效劳的土兵就只有十几名。为什么会出现这种情况？其实，这是龙献庭刻意为之。因为，在他看来，凭借自己的实力和影响力，治理周边的苗寨用不着那么多人，有十几人足够了。多了就是摆设，就是浪费。这样，他就能够合理合法地从朝廷多支取军饷。这是一笔数目不小的款项，土把总龙献庭将它用在何处呢？有胆有识的龙献庭并没有把这笔钱中饱私囊，而是用在了教育上。

随着父亲的渐渐老去，他已经没有太多的精力过问私塾的事情了，私塾的很多事情都交由龙献庭打理。为了顺应时代的发展，他把父亲的私塾扩建后，兴办了一所义学。义学又称社学，是清代在乡村办学的主要形式，由地方士绅捐资或民众集资兴办，或由官府拨款修建。义学建成后，免费为适龄儿童提供教育服务。

清王朝为了治理苗族社会，巩固其统治，提倡在苗族地区开办义学。许多官员在处理苗族地区的事宜中，多次强调了苗族地区开办义学的作用。在苗族地区设义学，让苗族子弟就学读书，促进苗族地区的文化发展，如此，苗族地区才会长治久安。

义学开办后，凡苗族子弟有条件者亦令入学。每逢岁考和科考，还特地给苗族子弟一定学额，照顾苗族学生入学。从此苗族子弟读书的机会增多，较为全面地获得儒学教育。同时，我们也可以看到，义学深入苗族地区，客观上对提高苗族的科学文化水平起到了推动作用，一定程度上促进了苗族地区教育的发展。

就是在这样一个时代背景下，龙献庭把父亲经营了多年的私塾改造成了义学。义学的开办，推动了沃里坪文化教育的发展。因为免学费、书费，人们纷纷把孩子送到沃里坪就读，于是沃里坪成了周边苗家子弟的求学天地。

随着学生的数量逐年增加，原来的校舍已经不够用了。龙献庭用多余的军饷和沃里坪民众自愿捐献的钱财扩建校舍。通过大家的共同努力，义学在私塾的基础上，又增加了两幢木房作为教室和宿舍，校园面积几乎扩大了一倍。扩招了学生，新修了校舍，更新了办学理念，学堂的面貌焕然一新。

学童入学后，教学内容的设置根据学生的成长规律进行调整。大体分三个阶段：第一阶段为蒙馆，先读《三字经》《百家姓》《千家诗》等书，重在认字写字，奠定基础。第二阶段为童馆，教读"四书"等，并对文章分段讲解，启发文思，命题写作，习作对联、诗文。第三阶段为经馆，传习"五经"，辅以史学和杂文。

教学理念的改变，吸引了大量的外来学生。学生多了，但教职员工却严重不足。龙献庭是一个求贤若渴的人，他一直坚信，没有好的老师，就培养不出好的学生。所以，他不惜重金，到处寻求优秀人才。通过多方打探，他终于在湖南凤凰用重金求得了一位宿儒。这位宿儒名叫唐富生，他是苗族，会说苗语，还能字正腔圆地朗诵古诗词。

据说，这位宿儒是个举人，但具体是哪年的举人，资料已经不详，无法考证。对于淳朴善良的沃里坪人来说，只要知道他是一个好先生就够了。他的一袭长衫和一绺雪白的胡子，以及上课时严肃认真的态度给沃里坪人留下了深刻的印象。在人们的记忆里，他仿佛永远都是穿一件长衫，但看上去却很干净。原来，他有两件一模一样的长衫。而他的那绺白胡子整日在一张清癯的脸上飘曳，给人留下了仙风道骨的良好印象。除此之外，更让人钦佩的是，他能用苗语和汉语朗诵并讲解《三字经》和《千字文》。这种接地气的教学方式，对于不懂汉语的苗族学生来说，的确算得上是幸事。

龙献庭对教书先生的聘用是十分谨慎的。所以，沃里坪义学的教书先生总是选择德才兼备的人担任。教书先生一旦上任，即可获得酬劳。龙献庭对教书先生尊敬有加，关怀备至。他按时发放酬劳，让外来的先生可以心无旁骛、专心致志地教书育人。

教书先生的教学时限以一年为期，教学效果好的，下年可续聘连任。如一年考核不见成效，即辞退，另选能者担任。六年后，若训迪有方，文学日盛，可以准作贡生。教书期间，免其徭役。龙献庭始终信守诺言，先生们备受感动。在沃里坪人的记忆中，唐富生自从来到沃里坪仅回去过一次，那是在来沃里坪的第二年的寒假，他回家过完春节之后，就把老婆和孩子接到了沃里坪。他们一家三口被安排住进了学堂里面的宿舍。宿舍里有两个房间，还外搭一个厨房。人们还在学堂外面留了一块空地给他种植蔬菜。他教书，老婆种菜做家务，孩子上学读书。他们一家定居了下来，成了当时沃里坪唯一一户唐姓村民。

这就是龙献庭尊师重教的具体表现。在爱护人才的同时，他还时不时邀请学生家长代表到校就学校的教学、管理和发展发表意见和建议。

这时候的龙献庭头发已花白，但身体还算硬朗。他思维敏捷，精神矍铄。尽管义学的事务已交由长子龙绍孝打理,但他还是闲不下来,时不时都要到学堂去看看。他经常去看教书先生的生活和工作情况,看学生学习认真与否。如果看到哪张课桌歪了,他就拿过来修理。甚至食堂的饭菜好与不好,他都要亲自过问。他面面俱到,事无巨细,还保持着当年办学时的那种细致,那种热情。他似乎要用生命最后的余热温暖学生的心田。

可见,龙献庭对教育的良苦用心。

沃里坪义学在扩大了校舍、加强了师资之后,声名鹊起,得到了苗族群众的广泛赞誉,呈现出欣欣向荣的景象。

就在沃里坪义学办得如火如荼的时候,距离沃里坪不足十里远的盘石城官办义学却有点冷清,在那里就读的学生寥寥无几,学校长期生源不足。究其原因,说法不一。有的说法是因为学校管理混乱,师资力量薄弱,教学敷衍塞责,得过且过,完全不把学生的学习放在首位;也有的说法是因为办学的经费经常被挪用,支付不了先生的薪金,维持不了学校的正常运转,学校的各项功能几近瘫痪。但不管是哪种说法,其矛头都指向了官办义学的弊端。

两相对照,无论从管理、师资,还是经费,盘石城官办义学都要比沃里坪义学逊色许多。沃里坪义学无可争议地成了苗族群众的首选。

从这个意义上来说,沃里坪义学的兴办,为苗族地区发展教育找到了路径,树立了榜样。

倡导新学

辛亥革命的爆发使得清政府的统治土崩瓦解，一个新的政权即将登上历史舞台。

中华民国开始了。

历史的车轮滚滚向前，新的时代洪流势不可当。教育改革已迫在眉睫。一股新风吹向大江南北的各个角落，吹到了遥远的松桃苗乡沃里坪。沃里坪义学，又一次站在了发展的十字路口。沃里坪义学发展方向的问题摆在了龙献庭的面前。

此时的龙献庭虽然年事已高，但他仍清楚地知道办义学的初衷。在他看来，不论世事如何变迁，不论政坛如何变幻动荡，教育的本质是不会变的，都是为了培育人才。

所以，他要做的事就是顺应时势，坐看云起，以不变应万变。

民国伊始，西方的学说和思想不断输入中国。新思想首先冲击的就是封建社会传统的教育体制。于是，民国政府不得不改良学制，多次下令取缔私塾和义学，创办公学。

这时候，龙献庭也不得不顺应时代潮流，把沃里坪兴办的义学改成了"小学堂"。

这时候的沃里坪小学堂，除名称更换，同时还发生了一些小小的变化。因为清政府的瓦解，民国的建立，龙献庭已不再是清政府的土把总，昔日的兵丁也被遣散，这就意味着他无法再获得军饷，这同时也意味着小学堂的经费不免有些捉襟见肘。好在他仍然管辖着周边的几十个苗寨，还有一定的经济实力把小学堂办下去，并在继承义学的基础上，有所发展和创新。

改成小学堂后，教书先生仍然是义学的原班人马，他们大都是经历或见证过清朝科举考试却又屡试不第的知识分子。他们应聘到沃里坪已有些年头了。这些年来，他们和沃里坪人结下了深厚的友谊，对沃里坪的教育事业也充满了感情，对宽厚仁义的龙献庭心怀敬意。所以，在资金紧张的情况下，他们仍然不离不弃，依旧坚守在自己的岗位上。尽管他们所得的收入只能维持简单的生活。不管怎样，生活还是要继续，学堂还是要继续办下去。

义学改成小学堂后，根据学制规定，入小学前四至六岁的儿童，须先入蒙馆学习，招收的学生还是以本寨及附近村寨的适龄儿童为主，也有一些长兴、盘信、正大和湖南凤凰的苗族学生。他们大都是慕名而来，为了求学，小小年纪就远离了家人，这充分体现了苗族人民对教育的高度重视。入学之后，有些学生寄宿在学校，开始了独立生活。有些学生则借住在沃里坪的亲戚家，由亲戚长辈照料生活。

踩着时代的节拍，仅隔两年之后，民国政府又规定原设的小学堂一律改为小学校，分初、高两等。初等小学校学制四年，七岁入学，男女同校。教学课程，初小有修身、语文、算术、图画、唱歌、体育、手工、农业等。

不过，沃里坪毕竟只是一个偏远的苗乡，且交通闭塞，又加上人才有限，资金有限，所以，在改成小学校以后，不论是学校的规模和课程的设计，大都维持小学堂时的旧制。

1916年，沃里坪小学校又奉令改为高等小学。

1924年，沃里坪高等小学改为六年制，即初小四年，高小二年。儿童六岁至十二岁为学龄期，课程设置也有相应改动。

1938年，沃里坪高等小学扩建成为公办的沃里坪民族教育实验小学，也叫特种教育实验学校。龙献庭的幼子龙绍华担任校长。

1942年，沃里坪特种教育实验学校改为贵州省立边疆第一实验小学，按完全小学建制，设一至四年级，规模为12个班，主要招收苗族学生，9月开学上课。校址还是在沃里坪。办学经费由省里拨付。

贵州省立边疆第一实验小学是松桃历史上第一所省立专设民族小学。从此，沃里坪学校的性质由民办变成了公办，加入了国家的教育序列，再一次焕发出了朝气蓬勃的活力。

兴办教育，是沃里坪人一直渴望并坚守的文化事业。所以，在省立小学初建的时候，沃里坪人还是一如既往地捐钱捐物，为扩建校舍添砖加瓦，让教师和学生有一个良好的工作和学习环境。

省立小学的建立是沃里坪人生活中的一件大事。它不仅把沃里坪的文化地位大大地提升了一个档次，还给沃里坪带来了经济的发展，让沃里坪的文化个性在润物细无声的教育中得以彰显，文化血脉得以赓续。

1943年，沃里坪贵州省立边疆第一实验小学改名为小红岩中心国民学校，校址仍在沃里坪。

1951年3月，贵州省人民政府决定将沃里坪的小红岩中心国民学校更名为贵州省松桃兄弟民族小学。这是松桃解放后第一所专设的民族小学，校长是龙鹏云。

沃里坪人支援办校的热情一如既往地高涨。政府资助，村民支持，在原有校舍的旁边，又修建了一幢两层楼的大瓦房。大瓦房是土砖木结构，屋顶用青瓦铺就，有良好的排雨功能。楼上四周有栏杆回廊，站在回廊上，可眺望远处的风景。房屋的墙壁用土砖砌成，涂抹上白石灰，看上去光亮洁白。打开窗户，阳光从窗格中射进教室，照在学生的书本上，形成一个个明暗交织的方格，教师和学生就在这些方格之间寻找着乐趣，放飞着梦想和希望。

新校舍的修建，扩大了教学用地的面积，教室增加到7间，教师宿舍也得到明显的改善，学校占地面积扩展到了1500多平方米。

时值中华人民共和国成立不久，政府对教育特别重视，尤其是对偏远地区的少数民族教育更是高度关注。松桃苗族教育在党的民族政策的光辉照耀下，如沐春风，开始了松桃苗族教育的新征程。贵州省松桃兄弟民族小学也顺势而为，当年就在本地招收苗族学生上百人，编为一至五年级，按教育部小学教学计划施教。

1952年，除继续在当地招生外，还按计划由全县保送学生到贵州省松桃兄弟民族小学就读。同时，该校还吸收了湖南省花垣、凤凰两县的部分苗族学生。

1953年，贵州省松桃兄弟民族小学又更名为松桃县第一民族完小，学校学制扩展到六年级，规模扩大到6个班，招收苗族学生300多名，是一所完全制式的小学。学校各项办学经费均由贵州省人民政府直接拨款，经铜仁专员公署文教科支付。同时，贵州省人民政府还按学生总额的40%，每年拨给每生一定数额的助学金。学校结合学生家庭经济实际情况，将享受助学金的学生分为全补、半补、部分补三等，把助学金补助面扩大到了80%。享受全补的学生等于供给制，生活用品、学习用品及医药费全由学校承担。享受半补的学生供给生活费及少量学习用品。部分补的学生则主要是补助学习用品。也就是说，到松桃县第一民族完小就读的苗族学生，基本都可以享受到国家的教育资助。生活有保障，学费不用愁，教学水平高，管理能力强，那时候的松桃县第一民族完小在整个松桃苗族地区家喻户晓，且口碑极佳。人们都希望把孩子送到该校就读。这是松桃县第一民族完小的良性循环，也是沃里坪教育传统的继承发展，更是沃里坪人教育初心的生动实践。

奔着这样的优惠政策和良好的学习环境，龙岳洲、龙文武等大批优秀苗家子弟纷纷前来松桃县第一民族完小就读。沃里坪顿时又掀起了新的一轮教育热潮。

龙岳洲的家在黄板一个叫大寨的苗族村寨，距沃里坪大约有二三十千米的路程，并且全是山路，其间还要渡过松桃河，就算是成年人，没有大半天的时间也是无法到达的。这对于一个十一二岁的孩子，无疑是一段艰难的行程。但为了得到良好的教育，他每个星期都要在这条崎岖的山路上往返一次。不论刮风下雨，还是烈日炎炎，都阻挡不住他求学的脚步。我不知道，这种苦行僧般的求学精神是否因为某种理想信念的感召，但有一点是可以肯定的，他一定是因为松桃县第一民族完小的声誉慕名而来。

就这样，他在这里一读就是三年。

三年里，他把"立志宜思真品格，读书须尽苦功夫"当成了自己的座右铭，以此激励自己奋发学习，学有所成，为实现理想目标打好坚实的基础。功夫不负有心人，他从一个偏僻的苗族村寨走出来，通过自己的努力，一步步走上了领导岗位。更值得称道的是，他不仅官做得好，著书立说也颇有成就。他加入了中国作家协会，创作了许多文学作品。他的作品曾获贵州省首届民族文学二等奖、贵州省首届优秀图书奖、贵州省政府文艺奖二等奖。这些成绩的取得，在丰富了他的人生履历的同时，也为沃里坪学校教育的历史添加了浓墨重彩的一笔。

从某种程度上来说，他是松桃县第一民族完小的骄傲。此外，另一个人也算是松桃县第一民族完小的骄傲，他就是龙文武。

龙文武是世昌甘溪人，家距离沃里坪要比龙岳洲家近得多，所以，在沃里坪读书时，要比龙岳洲少走很多山路。但他也不容易，从家到学校来回一趟也要走四五个小时。每次往返于家和学校之间，他总是累得气喘吁吁，上气不接下气。尽管路途艰险，但他从不迟到早退。因为山路遥远且崎岖，一双新做的布鞋走不了两个来回，鞋底就开裂了。由于家境贫寒，要想及时换一双新鞋子，对于他来说，也成了一种奢侈。所以，在天寒地冻的冬天，他也只能穿着一双破布鞋上学，冻得双脚起了冻疮，痛痒难耐。但他还是强忍着，专心致志地听老师讲课。有时候，实在冷得受不了，他也会和其他同学一样，找一个破瓦罐装入几块烧红的木炭带进教室，把脚踩在瓦罐的上面，一点暖暖的温度便会由下而上，从脚底升至全身。也就是在这样的暖流中，他艰难地完成了学业。他后来和龙岳洲一样，也走上了仕途。巧合的是，他还和龙岳洲在松桃搭班子，一个当县长，一个当书记。两个从松桃县第一民族完小走出去的同学，携手并肩，为松桃的经济社会发展贡献了自己的力量。

与上述两位松桃政坛上的风云人物不同，作为大他们十多岁的学长，龙伯亚选择的人生路径是从事苗族文化研究工作，致力于推动苗族文化的发展。

龙伯亚是龙绍华的儿子，学校就在家门口，上学极其方便。比起需要长途跋涉、翻山越岭的龙岳洲和龙文武，龙伯亚求学的便利性显露无遗，因此，他成了同学们羡慕的对象。他是一个十分谦逊的人，说话办事都很低调，与同学和睦相处，还尽可能地为同学提供帮助。但他在读书方面却很高调，学习成绩很好，每次考试都是名列前茅。

正是因为培养出了一大批像龙伯亚、龙岳洲、龙文武这样的优秀学生，沃里坪的学校教育才会作为一种现象存活在历史的镜像里，存活在人们的缅怀中，从而成为一代人的集体记忆。

但是，就在沃里坪人如火如荼地大办教育的时候，让他们怎么也想不到的事情发生了——建立在沃里坪的松桃县第一民族完小面临搬迁。消息一出，沃里坪人一片哗然，不知如何是好！

县里的意思是，为了适应新时代的发展，促进苗族教育进步，满足更多的苗族适龄学生接受教育的需要，经过多方协商，世昌区人民政府决定，将松桃县第一民族完小校址由沃里坪迁到世昌区人民政府所在地的臭脑村。同时，学校也由省办改为县办。

从此，沃里坪沿袭了七十多年的办学历史宣告结束。

学校搬迁决定的发布时间是1954年春天。对于沃里坪人来说，这无疑是一个至暗时刻。因为，学校的搬迁，在客观上割断了沃里坪人传承了七十多年的教育血脉。即便如此，沃里坪人还是识大体，顾大局，充分理解政府的意图，默默地、依依不舍地把苦心经营的学校让了出去，只留下了一至二年级。

可想而知，搬迁后的学校，人去楼空，逐渐荒芜。那幢新修没几年的大瓦房的墙面开始有些剥落，并出现了裂痕，和另两幢历经了七十多年风雨的校舍一样，房前屋后长满了青苔、野草和细弱的花朵。学校搬迁后的沃里坪看上去有几分落寞，也有几分冷清。在喜笑颜开的学生离去之后，在琅琅的读书声化作一声风吟之后，沃里坪仅残存着一缕游丝般的文化香气。昔日欣欣向荣的景象已不复存在。

就这样，沃里坪人怀着巨大的遗憾和衷心的祝愿，送别了曾经朝夕相处的老师和学生。有些人走了，用尽办法也无法挽留；有些人留了下来，因为缘分未了，念想未灭，更因为血脉未断，需要延续与坚守。

亲历者

作为沃里坪学校教育历史变迁的亲历者和见证人，龙清化在满七岁的那一年就要求父母把他送到沃里坪的小红岩中心国民学校读书。学校在他家的房屋后面，他在家里就能听见学校的钟声。

到他们这一辈人读书的时候，学校的那口铜钟已破损了一大块，并产生了严重的锈蚀，再加上原配的那根铜制的钟锤早已不见了，取而代之的是一根用茶树棒制成的木槌。木槌和金属的碰撞发出的声音有些沉闷而沙哑，尾音也很短促，不像铜锤敲得那样悠远绵长。但七岁的龙清化是分辨不出音质的优劣的，他只知道这样的钟声一次又一次地破壁而入，钻进房间，惊醒了他的好梦。

据龙清化讲述，这口铜钟到他们这一辈上学的时候，已有一些历史了。关于这口铜钟的来龙去脉，沃里坪人有这样一种说法：铜钟是从湖南乾州请来的，它原来是放在乾州的一座文庙里面。有一天，几个挑桐油到乾州卖的沃里坪人，在交完货后，见时间还早，就在城里闲逛。逛着逛着，下起了大雨，他们就躲进了一座庙宇。庙宇很破败，也很冷清，一个人也没有。他们无所事事地在庙宇里东看看西瞧瞧，无意中就看见了悬在过道横梁上的一口铜钟。他们不约而同地对这口铜钟产生了兴趣，其中一个人试着用铜锤敲击了一下，顿时发出一阵清脆的声音，把他们吓了一跳。但惊吓只是短短的一瞬。惊吓之后，有余音绕梁。于是，他们突然想到了悬挂在沃里坪私塾瓦檐下的那块不规则的三角铁。在他们看来，那块三角铁，不仅外形笨拙，敲击出的声音也不响亮。家住得远一点的学生，根本就听不见上课的钟声。如果悬挂在私塾瓦檐下的是铜钟，声音会传得多远啊。想到这里，他们决定把铜钟抬回沃里坪去，让整个沃里坪人都能听见上课的钟声，也算是为私塾贡献了一点微薄之力。他们麻利地把铜钟放进箩筐里，两人抬着，冲进雨里，朝回家的路飞奔而去，走时还没有忘记带上那把铜锤。

回到沃里坪，刚走进寨子，几个人就把铜钟敲得震天响，不明究竟的人纷纷跑出家门前来围观。大家一直循着这陌生的钟声来到私塾。龙献庭的父亲站在私塾的门前，一脸的茫然。作为私塾的"东家"，他也不知道发生了什么。在弄清了事情的缘由后，他有些喜出望外，于是，急忙叫人把瓦檐下的那块三角铁取下来，把铜钟挂上去。

铜钟挂好之后，突然之间，在场所有人都沉默不语，目光整齐地凝视着铜钟，气氛有些庄严，仿佛在等待一场仪式的开始。

仪式的主持人当然是德高望重的龙献庭。他深知，这是沃里坪人对他的信任，也是沃里坪人对私塾寄予的厚望，更是沃里坪人对知识的尊重。他接过铜锤，奋力敲击着铜钟。一瞬间，一阵接一阵的钟声响起，带着一种强烈的信念，回响在沃里坪的上空，回响在沃里坪人的心坎上。声音激越而悠扬，并带有缠绵的回音。这是真正的奋进之音。

这钟声就这样穿越时空，在沃里坪回响了几十年。

令人遗憾的是，这口铜钟在大炼钢铁的年代被扔进了炼炉，和熊熊燃烧的柴草一起，化成了灰烬。这口钟的历史就这样被终结了，但它却再次唤醒了沃里坪人对教育的重视与执着。

对于在上课的钟声中成长起来的龙清化来说，铜钟的命运似乎过于悲惨。因为，他对铜钟的前世今生了如指掌，并充满了感情。好在他没有目睹铜钟遭到焚烧的那个场景。当铜钟被人扔进炼炉的时候，他正在贵阳市师范学校读书。

时间回到1943年初秋的一个早晨，刚满七岁的龙清化又一次被从学校传来的钟声惊醒。钟声仿佛拥有一种无法拒绝的魔力，让醒来之后的他再也无法入睡。于是，他就要妈妈带他去上学。

开学了，龙清化和其他同学一样，穿着妈妈缝制的新衣服带着新书包走进了小红岩中心国民学校校园，在悠扬的钟声陪伴下，在琅琅的读书声中，开启了愉快而又漫长的学习之旅。

他是一个热爱学习、勤俭奋进的优秀学生。在沃里坪的小红岩中心国民学校就读期间，他经历了两个不同的时代。民国的教育乱象和时局的动荡不安，并没有影响到他的学习。中华人民共和国成立之初，各行各业百废待兴，国家对教育高度重视，特别是对少数民族地区教育大力支持，这些更激发了他的学习热情。站在两个时代的交会点上，任凭时代风云如何跌宕起伏，他都不为所动，两耳不闻窗外事，一心只读圣贤书。

1948年，在沃里坪读完小学之后，因为成绩优秀，他顺利地考上了松桃中学初中第十二期春季班。他在县城开始了初中阶段的学习，学制三年。这是他第一次离开家乡。不到两年，中华人民共和国成立，松桃解放。为了迎接新时代，松桃中学整饬旧制，出台新规，学校面貌焕然一新。在这样的背景下，龙清化从初中部升到了高中部。遗憾的是，在高中部读完高中一年级之后，因为患了一场重病，他不得不休学回家。1954年对龙清化来说，是一个难以忘怀的年份。在这一年，松桃县第一民族完小搬迁到了世昌区人民政府所在地的臭脑。

原本打算利用休学时间回家教书的龙清化，徘徊在自己曾经就读过的校园，看到人去楼空，他感到了撕心裂肺的痛。无可奈何花落去，一切都无法挽回。只有那口残损的铜钟还悬挂在教室的屋檐下，看上去有几分孤独，也有几分沧桑。他试图敲击它一下，以解胸中的苦闷与烦忧。在铜钟的周围，他没有找到那根钟锤。对他来说，那根钟锤实在是太熟悉不过了。但他找了很久就是没有找到，就像找不到自己的过去。于是，他索性顺手捡了一根木棒朝铜钟砸去。顿时，一阵沉闷的钟声裹挟着一个人的愤懑向远处扩散开去。

书是教不成了，但生活还得继续。

这一年，回到沃里坪的龙清化正好赶上农村社会主义改造，国家开始在村里试办初级农业合作社。为了响应国家的号召，从来不甘落后的沃里坪人第一时间就成立了初级农业生产合作社，掀起了农业合作化高潮。初级社的建立，打破了固有的土地界线，集中了广大农民的力量，发展了农业生产。这样一来，农村人才的培养就显得迫在眉睫。

作为高中生，龙清化的才学很快在乡村中凸显出来，他无可争议地担任了沃里坪初级社的会计，管理着沃里坪人衣食住行的开支。

虽然当上了会计，但他却没有完全把心思放在会计的工作上。他不甘心一辈子当个农民。他想，还是要走出去，完成学业，实现自己的梦想。他坚信知识能够改变命运。所以，在家休学的日子里，他并没有放弃学习，也从未停歇过追求梦想的脚步。

在沃里坪初级社当了两年会计之后，他参加全省统一招生考试，取得了优异的成绩，被贵阳市师范学校录取。

两年后，龙清化从贵阳市师范学校毕业。他原本想回到家乡松桃教书，但阴差阳错，被分到了水城的一所小学。他在那里一待就是四年。四年之后，在国家号召各行各业支援农业生产、回到农村去建设新农村的背景下，他积极向组织提出申请，要求回到家乡，回到农村去。他回乡的申请递上去之后，很快就批了下来。这就意味着他放弃了国家分配的工作。他回到沃里坪，当了半年多的大队会计和市场管理员后，他觉得这两份工作虽然体面，但却不适合自己。他内心还是向往做一名教师。在他看来，教书育人的教师，是令人尊敬的职业。于是，1964年，他回到了校园，在离沃里坪不远的杨家寨当起了教书先生。那时候的师范生很少，是各个学校争抢的香饽饽。他之所以选择杨家寨，是因为松桃县第一民族完小已经搬迁到臭脑了，沃里坪当时只有小学一年级和二年级留了下来。学生少了，教师满员，所以，他只有选择离沃里坪较近的杨家寨。

在杨家寨一晃又是四年。他本来想就这样好好地在这里一直教书，却没有料到，一场意外，又把他撵回了沃里坪。原因是杨家寨和沃里坪不知道是因为什么，发生了一场激烈的武斗，造成了杨家寨人员的伤亡。杨家寨以此为由，克扣了他的薪酬和口粮。一怒之下，他离开了杨家寨，又回到了沃里坪。他回来后，正赶上沃里坪与臭脑村合并成一个生产大队，叫"红星大队"。红星大队小学刚筹建，急需人手，回到沃里坪的龙清化被任命为红星大队小学的校长。他在任期间，虽然兢兢业业，但仍被时势裹挟，学校成了一盘散沙。他就这样怀着对教育的负罪感，无可奈何地浪费了十年大好光阴。

1979年，各行各业逐渐走向正轨。红星大队被撤销，沃里坪从红星大队分离出来，恢复了原来的村级建制。红星大队小学自然也被合并到了世昌民族完小。

许多人的命运都是随着时代的改变而改变的，龙清化就是其中的一个。红星大队小学被撤销之后，他不得不再一次接受命运的安排，回到沃里坪。沃里坪才是他的归宿，他的家。

当时，沃里坪没有完全制小学，自学校搬迁后，就只留下一年级和二年级。所以，他只能从一年级教起，然后教二年级，第三年又教一年级。如此循环往复，看似枯燥无味，他却做得一丝不苟。他这一教就是二十多年，直到2003年才退休。

二十多年里，为沃里坪培养了多少优秀学子，他已经数不清了。但他清楚的是，沃里坪不能没有教育，教育是沃里坪的根本，教育是沃里坪永远的大计。

2020年,龙清化老人已经八十五岁了,他见证了沃里坪小学由盛而衰的过程。教了四十多年的书,他把自己的青春和热血都奉献给了教育事业。他的一生可以看作是沃里坪教育长河中的一朵浪花,也可以看作是沃里坪教育历史镜像中的一个缩影。

动人善愿，其量无涯

重视教育是沃里坪的光荣传统。从龙献庭的父亲创办私塾开始，一直延续到现在，教育就像一条奔腾不息的河流，缓缓地在沃里坪的土地上流淌，滋润着沃里坪人的情感和心灵。即使在特殊的历史时期，教育被迫中断，但沃里坪人对教育的渴望从未停止。他们仍然在乡绅贤达的感召下，把沃里坪各个时期的教育办得风生水起。在松桃县第一民族完小还没有搬出沃里坪之前，该校吸引了大批外来授课的优秀教师和跋山涉水前来求学的苗族子弟。

在沃里坪，教育总是被放在首位。孩子们不比吃穿，只比学习。谁家孩子学习成绩好，能考上高中，考上大学，长大后有出息，谁家就是村民心目中的光荣户。对此，龙清化深有感触，因为他是沃里坪教育事业的受益者和建设者。所以，他至今还坚定地认为，只有读书，才是安身立命的根本。

在沃里坪，从私塾开办，到学校搬迁，最好的房子是学校教学楼。清末，私塾是一栋大瓦房，民国期间又扩建了3栋。松桃解放后，又在原有的基础上，新建了一栋木楼，使学校的教室数增加到了12间，教师的宿舍也得到了相应的扩展。改革开放后，在县里有关部门的帮助下，沃里坪又新建了一栋混砖结构的教学楼，学校的占地面积扩大到了2000多平方米。无论何时，学校的建筑，一直是沃里坪的地标。

在沃里坪，地位最高的是老师。老师是知识的象征，是孩子成长过程中的不可或缺的领路人。所以，家长们把老师当作亲人看待，老师则把学生当成自己的孩子。老师、家长、学生和谐相处，营造出了一个良好的教育环境，为人才的培养创造了必要的条件。

知识改变命运，重视教育才有未来。这是沃里坪人的共识。这种共识已被他们内化于心，外化于行，成为他们前行的动力和生活的追求。

基于这样的认识，今天的沃里坪人继承先贤遗志，在没有了学校，没有了老师，没有了琅琅读书声之后，在新的历史时期，他们依然对教育充满了热情和梦想，以另一种方式又一次开启了助推教育的新征程。

龙炳刚是沃里坪人，也曾受惠于沃里坪的教育，深受沃里坪浓厚的教育氛围的感染。在沃里坪完成启蒙教育之后，怀着对知识的渴望和对未来的憧憬，走出了大山，成为国家电力部门的一名工作人员。原本电力和教育是不搭界的，但他置身于教育事业之中，殚精竭虑地为沃里坪的教育献计出力，帮助孩子们放飞梦想。为了激励孩子们认真读书，增进学识，提高修养，为了让贫困家庭的孩子有书可读，他四处奔走，和沃里坪的有识之士一起到处募集资金。他于2017年参与组建了沃里坪励志奖学基金会，旨在奖励那些热爱学习和家庭清贫的优秀学子。因为劳苦功高，热心公益，乐善好施，他被推选为基金会的理事长。

在他看来，所谓理事长，就是料理事务的第一人。没有钱要去找钱，出问题了要去解决问题。而钱总是很难找，问题总是层出不穷。这的确是一件苦差事。在没有任何报酬的情况下，他却干得津津有味。

在谈起沃里坪励志奖学基金会的可持续发展时，他信心满满地说，基金会是由一些爱心人士共同组建，组成人员大都是沃里坪人，或是在外地出生和工作的沃里坪人的后代，他们对沃里坪这片土地爱得深沉。组建基金会的目的是继承和弘扬沃里坪的优良文化传统，大力倡导勤奋好学、积极进取的精神。所募集到的基金专门用于奖励品学兼优的学子，鼓励他们学成后回报家乡，回报社会，做一个有益于国家，有益于社会，有益于人民的人。为了使基金会保持长久、高效地正常运转，他们还制定了《沃里坪村励志奖学基

金会章程》（以下简称《章程》）。

作为理事长，龙炳刚对每一次颁奖都倾注了极大的热情，为孩子们取得的成绩而高兴。在他看来，没有竞争就没有进步，没有激励就没有干劲。

2020年8月，随着全省中考成绩的揭晓，沃里坪人又迎来了一年一度的颁奖盛典。本届中考取得优异成绩的6名学生，在人们的欢呼声中自豪地走上了颁奖台，庆祝自己取得的成绩。按照《章程》的奖励办法，他们分别获得了1000元、800元和600元不等的奖金。

龙芳宇是龙献庭的玄孙女，她从小就保持着一颗热爱学习的心，再加上勤奋，所以从小学到中学，学习成绩一直名列前茅。这次能以高分考进重点高中，自然是长期努力的结果。在谈论学习心得和体会的时候，她从目标理想谈到了学习方法，内容丰富，贴近实际。她的经验或许能带给一些同学很好的启示，特别是那些家庭困难的同学，他们可以从她的身上感受到一股奋发上进的力量。

时值盛夏，颁奖现场的氛围和天气一样热烈，孩子们在接受奖励的同时，也接受了父老乡亲的殷殷嘱托和美好希望。我们有理由相信，在沃里坪教育精神的引领下，在沃里坪励志奖学基金会的激励下，一定会有更多的学子脱颖而出，成为建设国家的人才。

光荣与梦想

"读好书才能吃饱饭,才能过上好日子。"这是龙志明在2017年夏季的助学金颁奖活动现场说的一句话。作为沃里坪村的村主任,他的唯一希望就是让大家不仅要吃饱饭,还要过上好日子。这句朴素的话,至今还让沃里坪人记忆犹新。

因为家境贫穷,龙志明高中还没毕业就担起了养家糊口的重任。他读过的书不多,所以对读书的孩子寄予厚望。当村主任的第二年,他就积极谋划组建励志奖学基金会的事情,并为之奔走呼号,广泛联系沃里坪在外工作的热心人士,争取他们的理解和支持,为家乡的教育贡献一份爱心。终于,功夫不负有心人,经过多方努力,沃里坪励志奖学基金会成立,为沃里坪的贫困生和优秀学子添加了一份动力,助他们走得更远,飞得更高。

带领村民致富是他的初心。在当村主任之前,眼看着越来越多的年轻人留在了外面,龙志明的心也时常纠结。是随波逐流融入打工浪潮在外发展,还是逆向而行留守故土,在家乡干一番事业?龙志明思考了很久,也犹豫和彷徨了许久。对于年轻人来说,外面的世界很精彩,外面的世界也充满了机会,只要你敢想,只要你肯干,就有可能出人头地。所以,沃里坪也有许多青年在发达地区追逐着自己的梦想。龙志明曾经就是其中的一员。他勤奋又节俭,聪慧又灵活。在外面打拼了几年之后,他挣到了钱,但更重要的是打开了眼界,增长了见识。在他看来,外面的世界虽然精彩,但也充满了漂泊感,如水中的浮萍,飘零的树叶。这让他始终找不到安心和踏实的感觉。于是，他便萌生了一个新的想法，当一名"逆行者"，回到家乡，回到有根的地方。

坐在回家的高速列车上，望着车外一闪而过的风景，那些林立的高楼，那些忙碌的工厂，那些人来人往的街景，都令他浮想联翩。自从他决定离开都市回到家乡的那一刻，他就在努力寻找一个突破口，试图通过这个突破口，把家乡和外面的世界联系起来。

然而，这个突破口在哪里呢？

有着很多抱负的龙志明是在父老乡亲们的期盼中回到家乡的。人们希望这位淳朴善良、勤劳勇敢又足智多谋的年轻人成为沃里坪发展的领头雁，带领父老乡亲致富奔小康。2016年，龙志明高票当选沃里坪村委会主任，成为沃里坪历史上最年轻的村委会主任。

"我既然当选为村主任，我就要担得起，为全村人谋一条出路，搏一个未来。"龙志明信心满满地说。

从一名收入可观的打工者，变成倒贴钱的村主任，这个决定不仅让家人不理解，在外人看来也不划算。做了村主任，他每天在村里奔波，解决这家的矛盾纠纷，想着那家有什么困难，谋划着集体产业如何发展，思量着贫困户如何致富。他说："既然被选上来了，就要做好自己的工作，才对得起老百姓手中的那张选票。"

上任伊始，他首先想到的就是沃里坪的文化传承。在他看来，没有文化是可怕的，他本人就饱尝了没有文化的苦头。所以，他一直在试图弥补文化上的短板和不足。沃里坪有着深厚的文化底蕴，沃里坪的文化先贤就像一盏盏明灯，点亮沃里坪人的精神家园。所以，沃里坪人深知文化对个人和村庄发展的重要性。龙志明正是看到了乡亲们的这一优点，才在《沃里坪村规民约》的制定上赋予更多的文化内涵和文化意义。

龙志明当选村主任后，就迎来了一场轰轰烈烈的脱贫攻坚战。2016年以来，龙志明的首要任务就是如何使沃里坪村的贫困人口如期实现脱贫，与全国人民一道步入小康社会。然而，要想摆脱贫困面貌，并不是一蹴而就的，而是要付出异常艰苦的努力。固基础，强产业，变观念，激发贫困群众的内生动力。这一切，都不是纸上谈兵，更不是喊两句口号就能够实现的，而是要真抓实干，大干快干，带领群众一起干。面对繁重的脱贫攻坚任务，就像有一根鞭子，不停地抽打着他，让他一刻也不能停歇。

"从过年到现在，一家人都没能见上几回，两个儿子在外面打工见不着也就不说了。我在县城打工，半个小时的车程，他就没有来看过我，更不会关心我生活如何，工作怎样，甚至连个电话也懒得打。"龙志明的爱人说起这些话的时候，眼睛都湿润了。她用纸巾擦了擦眼泪，接着说："我也知道，他放不下身上的担子。"表面听上去是抱怨，但更多的是怜惜和理解。

工作千头万绪，还经常出现突发的事情。所以，很多时候，龙志明饿了就匆匆吃一碗方便面或者啃两个红薯，又投入工作中。由于长时间、高强度的工作，他面容憔悴，身心疲惫，身体出现了疾病的征兆。

同事担心他身体吃不消，多次劝他请假休息一下，他都说："没事，我还年轻，你看我这块头，再熬几年都没事。现在正值决战脱贫攻坚关键期，时间紧，任务重，比起全村老百姓脱贫致富奔小康，这点小病算不了什么！"他像上了发条一般，不知疲倦地连轴转。

"明哥，我家的房屋漏雨了，找人去给我修一修吧。""明哥，我们想搞点养殖，不晓得政府这边有什么补助政策没有？""明哥，我家养的几十只鸡都发瘟了，快帮我找人去治治吧。""明哥，我家老母亲病了，快帮我把她送到县城的医院吧。"

在沃里坪村，龙志明就是群众口中亲切的"明哥"，大家有什么事，有什么困难都找他，他也把大家的事当成他自己的事。他总是有求必应，尽全力把事情做好，让大家满意，让大家放心。

龙志明就是这样一个热心肠的人。

沃里坪土地肥沃，自然条件优越。龙志明一上任就主动思考如何充分利用本村的生态优势致富。他多次和驻村干部、包村干部及村"两委"班子成员外出考察学习，下田间地头考察实情，进百姓家中汇聚民意，全面"把脉"村情民意，最终选择合适当地种植的经济作物和山地精品水果作为产业。

他带领群众用准用活扶贫资金和脱贫政策，动员全村大力连片种植油茶、烤烟、辣椒等，栽种樱桃等精品果树，套种西瓜、花生、黄豆等经济作物，改变了传统的种植模式，拓宽了致富渠道，最大限度地提高了土地利用的经济效率。

为抓活产业，提高效益，龙志明主动担起产业发展重担。在油茶种植初期，他每天蹲点基地，用笔记本记录油茶生长形态，边观察边请教边查询，就怕错过什么，耽误油茶的正常生长，影响产量和品质。就这样，他不断地学习、思考，从一个种植"小白"变成了"专家"。经过他和村民努力，全村已种植油茶1204亩，辣椒260亩，烤烟300亩，樱桃100亩，同时，还发展了两个生猪代养点，年出栏数可达4800头，带动本村群众就业20余人。

数据令人欣喜，成果催人奋进。不断升温的各项产业正在成为推动沃里坪贫困群众脱贫致富的强劲引擎。

脱贫攻坚时间紧，任务重，多个担子压在他的肩上，压得他喘不过气来。但他从不抱怨，从不气馁，总是身先士卒，勇往直前。他用自己的实际行动点燃贫困群众的脱贫斗志，激发贫困群众的内生动力，引导他们在奋进中去创造美好的生活，从而实现沃里坪村的大变革，让贫困群众尽享脱贫成果。脱贫带来的生活变化极大地激发了人民群众的生活热情。

越是艰难困苦时，越考验人的品格和境界。龙志明带领沃里坪人在脱贫攻坚的风雨中经受住了考验，实现了最初的梦想。

作为沃里坪的村主任、领头雁，带领沃里坪人在脱贫奔小康的路上实现梦想，龙志明功不可没。因为成绩突出，他被授予铜仁市脱贫攻坚优秀共产党员荣誉称号。然而，梦想是以他生命的最后一跃来实现的。而这一跃，竟成了永别。

2018年11月21日中午，龙志明在参加完盘石镇政府召开的脱贫攻坚专题会议后，还顾不上吃饭，就急忙赶回村油茶基地，抢栽茶苗，确保完成1000多亩的油茶栽植。三天三夜连续作战，导致过度疲劳，这位沃里坪的领头雁，人民群众心里的好主任就这样倒在了这片生机勃勃的土地上，再也没有站起来。他的生命永远定格在了47岁。

龙志明去世的那一天，整个沃里坪村都沉浸在巨大的悲痛之中，风雨呼啸，草木萧瑟，悲鸣四起。比秋山和格庙山庄严肃穆，默默不语。许多人怀着崇敬与怀念，为他点上一炷香，焚上一叠纸钱，以寄托无尽的哀思。一时间，整个沃里坪浓郁的烟雾在缭绕，白色的纸幡在飘摇，忧伤的人群在哭泣，前来吊唁的车辆排成了长龙，把整个沃里坪村堵得水泄不通。人山人海，这是沃里坪人从未看到过的送葬场面。这样的场面映射了龙志明的人格魅力。沃里坪人为有这样一位好儿子、好兄弟、好主任而感到骄傲与自豪。

如今，在沃里坪的房前屋后、田间地头，再也听不见龙志明熟悉而亲切的声音。斯人已逝，初心不改，沃里坪人的心中永远铭记他。

公而忘我，无私无畏，这就是龙志明留在这个世界上的真实印迹。

脱贫记

  龙建根家是沃里坪村建档立卡贫困户中的一户。他家的主要致贫原因是缺少劳动力，次要原因是"因学致贫"。大女儿出嫁了，爱人身体又不好，他一个人要供四个子女上学。去年，儿子高中毕业，高考成绩不是很理想，今年又复读了一年，力争明年考一个好成绩。小女儿学习成绩不错，从松桃四中毕业后，以优异的成绩考上了铜仁一中，成了沃里坪人的骄傲。2020年夏季，沃里坪励志助学金颁奖，她榜上有名，获得了1000元的励志助学金。

  在谈到女儿的优异表现时，龙建根的脸上总是洋溢着微笑。他说："只要孩子能够把书读好，我再苦再累也是值得的。"

  对于龙建根来说，这似乎就是他的人生信念和终极目标。正是这个信念一直激励着他战胜贫困的决心和斗志。自从2016年被识别为建档立卡贫困户，他就和贫困顽强地斗争，努力改变家庭的贫困状况。这是他的不二选择，也是他的使命和担当。他必须摆脱贫困，才不辱先辈的赫赫英名，以此向先辈致敬。因为他是沃里坪先贤龙献庭的曾孙，是苗族著名知识分子龙绍华的孙子。因此，他没有理由不重塑龙氏家族的辉煌。

  重塑辉煌，唯一的路径就是读书，这是龙建根从先辈的人生经历中获得的认识。热爱读书，追求进步，这是传承了几代人的家风，他必须要赓续下去。所以，一直以来，他都把孩子的教育和培养放在首位。再穷不能穷教育，只要孩子能够读书，都要不遗余力地支持。

  对于自己没有读过书，龙建根总是表现出一种无法弥补的缺憾。甚至他还固执地认为,正是因为自己没有读过书,才造成了今天的贫困。

他想,既然自己没有赶上好时代,那就让赶上好时代的孩子们好好读书,通过读书改变命运,用知识战胜贫穷。

可是,读书是需要钱的,钱从哪里来?

穷则思变,对于龙建根来说,这是一条颠扑不破的真理。没有书读之后,他就成了沃里坪的一个放牛娃。他每天起早贪黑把生产队的牛赶到山上去放养,回家时还要割一背篓牛草回来,为家里挣工分。他勤快又聪明,总是把牛养得膘肥体壮的,得到了队里人的夸奖。日积月累,他琢磨出了一整套养牛的经验。一直以来,因为田地少,他都是靠养牛来维持一家人的生计。很多人不知道,养牛其实也是一条赚钱的门路,但前提是你要会养,同时还要会选择健康的牛。龙建根这两样都具备了,所以,他就能通过养牛贴补家用。他通常是把半大的牛买回来,精心喂养几个月,待牛膘肥体壮了,然后再卖出去。卖出去的价格自然要比买进来的价格高许多,他就赚这个差价。一买一卖看似简单,但其中是有玄机的。首先,买多大的牛,这是需要经验和眼力的。其次,买回来后如何喂养,怎样在短时期内把牛养肥,这是关键。龙建根靠着养牛的秘诀来赚钱,把孩子们一个一个送进学校,把他们培养成为对国家和社会有用的人才。

被识别为贫困户的那一年,他只养了两头牛,原因是家里拿不出更多的本钱。后来,在国家政策的帮扶下,通过小额贷款,他又买了几头牛。到2020年,他养的牛就增加到32头。这是一个可观的数字。在沃里坪,这足以让他成为一个养牛大户。

龙建根的孩子们学习很努力,没有辜负他的希望。看着孩子们在知识的海洋里茁壮成长,他感到特别自豪。

随着脱贫攻坚战的全面胜利,龙建根也和全县广大贫困群众一起,光荣地摘下了贫困的帽子,用他的智慧和勤劳,书写了从贫穷到小康的人生传奇。

　　接下来，他要做的事情就是养更多的牛，积累更多的财富，为孩子们追逐梦想做好充分的准备。孩子还小，未来还有很长的路要走，是坎坷不平，还是康庄大道，一切都不可预想。但不管怎样，路在脚下，目标在心中，如雨后的晴天，渐渐地清晰和明朗。他坚信，只要朝着心中既定的目标走下去，就一定能够抵达幸福的终点。

第二章 苗岭深处的掌灯人

求学时光

龙绍华的聪明才智来自良好的家风家教的熏陶和培育。他从小就生活在有着浓郁书香气息的家庭。这样富有文化底蕴的生活环境，在苗乡是不多见的，甚至是罕见的。然而，历史的真相告诉我们，并不是所有过着这种生活的人都能走向辉煌的殿堂和人生的巅峰，只有那些勤于思考、敢于践行的人才可能实现。

龙绍华就是这样一个智勇双全的人。

作为土把总龙献庭的幼子，龙绍华从小就对读书表现出极大的兴趣。对此，父母看在眼里，喜在心间。在龙绍华还未满六岁的时候，父母就把他送到自家的义学接受教育。他背着母亲缝制的书包，每天都兴高采烈地走在去学堂的路上。家离学堂不远，大概只有十几分钟的路程。而就在这十几分钟的路途上，生长着许多梨树，它们在道路的两侧整齐地排列成行，构成一个天然的绿色巷道，曲曲折折地向学堂延伸而去。到了春天，洁白如雪的梨花次第绽开，在和煦的春风的吹拂下，摇曳生姿，像舞蹈着的精灵。这种美好的景致一直伴随着他走进学堂，走进琅琅的读书声，走进对未来的憧憬里。

在学堂的学习生活中，龙绍华的睿智和聪慧开始凸显。虽然学堂是自家办的，但他并不因此得意忘形、恣意妄为，更多的是灵动乖巧、虚心好学，从小就给人们留下了良好的印象。在家里的七个孩子中，龙绍华最得父亲的喜欢和宠爱，也最得教书先生的赞誉和赏识。龙绍华对身边的事物充满了美好的想象，比如他总是能从唐诗宋词中捕捉到梨花曼妙的风姿和幽婉的意境。

古诗词是沃里坪义学教学的一个重要内容，但古诗词浩如烟海，先生不可能把所有的古诗词都拿到课堂上来讲。那时没有统一的课本，先生只有按照自己的理解，把他喜欢的那些古诗词教给学生。这些古诗词大都是写景状物的，尤其以描写花卉的居多。这是出于应景，还是出于对大自然的热爱，少年的龙绍华并不能完全领会先生的意图，但他却深感这些古诗词大都契合了自己的心境。所以，在先生讲解古诗词的时候，他有意无意地把所有写梨花的诗都抄录了下来，并且每首都能背诵。虽然有些诗词的意境深奥，但通过先生的解读，结合自己对梨花的观察，他总能找到理解诗意的思路。在他看来，那些诗词中的梨花，不正是他每天都能看见的那些在通往学堂的小路上恣意绽放的梨花吗？

元好问的"梨花如静女，寂寞出春暮"形象地描绘出了梨花的品格。这是他最喜欢的描写梨花的诗句。所以，他把这两句诗深深地刻在了课桌的右上角，同时也刻在了自己的心里。就像有一首唐诗写的那样："三月雪连夜，未应伤物华。只缘春欲尽，留著伴梨花。"暮春三月，尽管一连下了几场大雪，还是没有遮掩住春天的美景。但美丽的春色终归要逝去，就让雪留在枝头与梨花相伴吧！诗人的心境正是少年龙绍华的真实写照。因为喜爱梨花，他巧妙地把宋代诗人黄庭坚的《压沙寺梨花》进行了化用："沃里坪中千株雪，上学路上一里香。寄语春风莫吹尽，夜深留与雪争光。"

龙绍华把诗歌的意境自然而然地从唐朝的压沙寺移植到沃里坪，成为当时的一段佳话。由此也可以看出他对古典诗词的领悟能力非同一般。

少年时期的学习经历，特别是对古诗词的热爱，为他日后对生活的感悟和理解拓宽了思路，同时也为他成就一番文化事业奠定了良好的基础。因此，后来他在课堂上能够把那些古诗词讲解得十分透彻。

八十多岁高龄的龙清化老人是龙绍华先生的学生之一。谈起龙绍华在古典诗词方面的才华时,他赞不绝口。他还清楚地记得,在他上小学二年级的时候,龙绍华作为贵州省立边疆第一实验小学的校长兼任课教师给他们上古典诗词课的情景。龙绍华戴着一副黑框眼镜,喜欢背着手在讲台上踱来踱去,像是在思考什么。他满腹经纶,讲课很少拿课本,上课的内容全凭记忆。他丰富的学识都装在了脑袋里,像仓库一样,需要了,就随时打开仓门,取而用之。龙清化之所以直到今时今日还记得宋代诗人黄庭坚的这首《梨花》,完全是因为当年龙绍华在课堂上的精彩讲述。

　　巧解逢人笑,

　　还能乱蝶飞。

　　清风时入户,

　　几片落新衣。

　　整首诗没有出现梨花二字,却把梨花的状态写得淋漓尽致,生动鲜活。诗人用拟人化的手法,描写绽开的梨花就像人一样,看见别人就会笑,而且还能让蝴蝶在自己的花瓣间纵情飞舞。当风吹过时,可能会把花瓣吹到梨树下的房屋里去,有几片还会飘落在你的新衣服上。听了龙绍华这样的讲解,龙清化仿佛觉得诗歌就是在写自己的经历。因为许多时候,在去学堂的路上,雪白的梨花也会飘落在他的身上,这首诗带给他一种身临其境的美妙感觉。所以,他对这首诗歌印象特别深刻。他回忆说,龙绍华还教了他们另一首写梨花的诗,内容是什么已经记不太清楚了,但他还记得龙绍华在讲解那首诗时的情形。龙绍华的感情很饱满,声音很洪亮。在讲解完诗歌的立意之后,他希望学生像梨花那样,为人要友善,要谦逊,做一个纯粹的人。把写诗和做人联系在一起,这是龙绍华对诗歌的独到理解,也是对人性的善意期许。

　　此情此景至今还常常出现在龙清化的脑海中。龙绍华教导学生努力学习、有所作为。他赞美梨花高洁的品格,希望学生热爱自然,热爱家乡,从诗词中汲取精神力量。校园里的书声轻盈飞扬，使得僻静的沃里坪苗寨充满了诗情画意。

龙绍华在沃里坪义学完成了启蒙教育之后，来到了县城继续学业，成为民国年间最早进入县城读书的沃里坪学子。这是一件很不容易的事情，因为在那个年代，并不是所有人都能进城读书。如果没有过人的智慧和较好的物质条件，孩子是很难进入县城的学校学习的。

县立初、高两级小学校的前身是崧高书院。崧高书院的命名，寓意是很深的。据《松桃厅志》载："崧即嵩，中岳嵩山也。嵩山为五岳之中"。《诗经》有"崧高维岳，峻极于天"之赞。崧和松谐音，书院名崧高，有松桃最高学府、教育中心的意思。

崧高书院是松桃厅的教育机构，由山长主持课读。举人贺增龄出任首届山长，负责管理教导生员、童生攻习制艺，应考科举等事务。

贺增龄，字梦庚，清同治七年（1868年）出生于乜道苗寨，因家境殷实，从小就受到良好的家庭教育。作为山长兼教师的贺增龄常常将自己的所见所闻，所想所感融入教学中，生动讲述，富有感染力，深得学生的好评。

民国时期，地方行政也随之改革，人事重新调整。贺增龄改任松桃县劝学所所长，掌管全县教育资产，督导乡区国民教育。在他的积极主持和倡导下，松桃的教育与时俱进，培养出了大批的优秀人才。

直到1923年，由于身体的原因，贺增龄主动辞去了松桃七汛教育基金保管所所长职务。但他辞职不辞心，仍受聘到学校教书育人。

助推松桃教育的发展，是贺增龄中举之后献给松桃人民最丰厚的礼物。贺增龄对教育的贡献松桃人民看在眼里，记在心上。龙献庭对此也深有感触，于是，他把儿子龙绍华送到了贺增龄的门下，希望儿子在名师的指点下学有所成，为日后的事业打下扎实的基础。

同是松桃苗乡的书香之家，乜道贺家与沃里坪龙家关系甚好，往来频

繁,两家还有一些姻亲关系。贺增龄和龙献庭曾一起读过书,师从同一位先生,都很了解彼此,可谓知根知底。后来,贺增龄考取了举人,龙献庭当上了土把总,一文一武,人生路径看似不同,但目标志向都是以教育为重,培养人才。所以,两人惺惺相惜,互相欣赏。几乎是在同一时期,贺增龄在家乡乜道开办私塾,龙献庭也在家乡沃里坪帮助父亲打理私塾。两所私塾相互守望,相互激励,取长补短,为苗族学子读书创造了必要的条件,在一定程度上推动了松桃苗族地区的教育发展。

因为多种因素的影响,龙绍华自然而然地成了贺增龄先生的学生。

时值辛亥革命胜利,新政初行,一些爱国之士力主科学救国,创办新学之风蔚然兴起。松桃地处边陲,文化滞后,以贺增龄、戴人俊为代表的进步知识分子和社会贤达,认为创办新学是救国利民的当务之急。他们主张改革学制,倡导文明学风,以科学之精神救国家民族于危难。他们希望把学生培养成懂科学、守文明、有理想、好劳动的栋梁之材。所以,在课程的设置上,更加注重对学生科学素质和文学素养的培养。

龙绍华就是在这样一个新学思想涌动的背景下开始了县立初、高两级小学校的学习生活。新的思想和新的环境让聪慧又有着远大理想和抱负的龙绍华如沐春风,大开眼界。所以,他十分珍惜在校的每一天,把分分秒秒都用在了对知识的探寻上。他很受先生和同学的喜爱,给人们留下了知书达理、好学上进的印象。

当时的校长是戴人俊先生。他也是一位举人,不仅对"四书五经"等古籍钻研透彻,而且对现代科学也有着浓厚的兴趣。他在发展教育方面做出了积极的贡献。

作为校长,戴人俊对学校充满了感情,并寄托着无限的憧憬。为了表达对教育事业的热爱,他为学校谱写了一首校歌,以劝勉师生。歌词是:

松桃县立初高小学校,

前清光绪末年始创造。

举业废，

科学兴，

文明兆。

松山青，

松水明，

尤其奥。

伊乃小儿童，

是将来伟人，

国家依靠。

好求学，

好施教，

比欧美列强周到。

这首歌一出来，就唱遍了学校的各个角落，极大地激发了学生们的学习热情，学校的学习风气更加浓厚。这对于喜欢读书的龙绍华来说，无疑是在对的时间、对的地点，遇上了对的老师。他在这个学习氛围浓厚的环境里孜孜不倦地学习。在校的六年时间里，他各门功课都取得了优异的成绩，不仅圆满完成了学业，还学会了做人的道理。

在校期间，他十分崇尚戴人俊先生的新思想、新理念，时时以先生为楷模。他努力增强创新意识，苦练创新本领。因为在他看来，没有创新，就没有未来。这为他后来研究苗文、传播苗族文化、兴办苗族教育打下了坚实的基础。

之前，龙绍华在沃里坪接受启蒙教育时的课本内容都是文言文，后来课本才逐步改为白话文。这种变化对聪明又有悟性的龙绍华来说并不是什么难事，他很快就适应了白话文，并且能在文言和白话的互换中运用自如。贺增龄知识渊博，讲解课文生动形象，清晰易懂。他批改作文也很细致，每篇文章除加圈或点外，还给予指导和鼓励性的批语。在贺增龄的悉心指导下，龙绍华的文学素养得以提高。

贺增龄先生不只是一位教师，还是一位出色的诗人。他写了许多脍炙人口的诗歌，其中饱含着悲天悯人的文学情怀。年轻的龙绍华被他的才情深深地吸引了，并为他的诗歌所倾倒。所以，在课外时间，龙绍华最喜欢做的一件事情就是读贺增龄先生写的诗文。他渴望从那些诗文中寻找到一种心灵的慰藉和纯净的情感。在龙绍华看来，先生的一生，闪烁着许多亮点。龙绍华成为教师后，依然会如数家珍地向学生自豪地介绍这位苗族先贤。

榜样的力量是无穷的，而贺增龄先生就是他的榜样。

从贺增龄那里获得真传之后，龙绍华离开了生活了六年的县立初、高两级小学校，独自到了省会城市贵阳追逐梦想。贵阳是一个比县城还要大的新世界，这让龙绍华又惊又喜。惊的是这里竟然有那么多的人，那么多的高楼洋房和宽敞的街道。喜的是他考上了贵阳市师范学校，实现了父亲的愿望，没有辜负父老乡亲和先生的希望。就读师范学校，毕业后当一名教师，像先生那样教书育人，这就是他的理想和抱负。

初秋时节，迎着明媚的阳光，他背着简单的行囊上路了。出门的时候，年迈的父母倚在自家的门前与他挥手告别，眼里满含着希望和祝福。这一天，沃里坪人一早就不约而同地聚集在寨门前的路口，夹道为他送行，并放鞭炮表达喜悦与激动的心情。因为他是沃里坪有史以来第一个到省城贵阳读书的人。在沃里坪人的眼里，他就是沃里坪的骄傲，是沃里坪的一面旗帜，将来定能担当大任，有所作为。

从沃里坪去贵阳可以不经过松桃县城，但他还是用大半天时间去了一趟县城，目的是与恩师贺增龄道别。师生相聚，感慨颇多。师生两人在小妹河畔漫步，凝视着缓缓流淌的河水，感慨良多。龙绍华回顾校园生活，展望未来，畅谈人生和理想。面对即将高飞的学生，贺增龄有不舍，有怅然，但更多的是欣慰，是祝愿。总之，千言万语道不尽师生情。临别时，贺增龄赠诗一首，希望学生展翅高飞，大展宏图：

乳燕不知家可依，一年一度别乌衣。

想因借得东风力，毛羽未丰亦健飞。

面对先生的赠诗，他仿佛看见了一只乳燕在展翅飞翔，虽然燕子的羽毛还未丰满，但它知道只要借力东风，就可以实现展翅高飞的愿望。那只羽翼未丰又渴望飞翔的乳燕，不正是他自己的真实写照吗？

默诵着先生的赠诗，他离开了松桃，成了那只寻梦的乳燕。

松桃到贵阳的路程崎岖而险峻，并且随时都有可能遭遇出没的野兽。对于一个还未成年的孩子，除了体力吃不消，同时还会受到饥饿和恐惧的双重夹击。特别是在晚上，行至荒山野岭，萧瑟阴森的景象，更是令人毛骨悚然。尽管是结伴而行，也有成人护送，但小小年纪，又是第一次出远门，难免心生紧张之感，自在情理之中。就这样战战兢兢、跋山涉水地走了十来天，他终于顺利到学校报到，成为贵阳市师范学校的一名学生。

在一个远离家乡、没有亲人的环境里，他不知道未来会以一种什么样的方式打开。呈现在眼前的一切都是那么新鲜，那么诱人，就像一本精彩的书摆在了他的面前，他该以怎样的声音进行朗诵？作为一名高等小学毕业生，他对许多现象和事物还不可能有准确的把握与判断，他的智力和眼光也不允许他把什么都想得清清楚楚、明明白白。面对新的环境，他满怀激动和兴奋。因为，在他看来，那个美丽的夏天去省城贵阳读书是他得到的最好的礼物。

就这样，在那年初秋的一天早晨，他在贵阳市师范学校开始了学习生活。霜露浓重的早晨，太阳犹如破碎的蛋黄悬浮于校园的上空。他在校园内晨读，看见一群白色的鸽子从柳树林中低低掠过，它们围绕教学楼的朱廊黑瓦盘旋片刻，留下数声清脆的啼啭和几片羽毛。他看见他的手腕上、石案上还有书上溅满了鸽子的粪便。正是这些灰白稀松的粪便让他记住了这个早晨，让他像獭兔一样从记忆的草丛中跳了出来，在阳光下的朗诵声中找到了自己未来的归宿。他知道，通过努力就会得到命运赠予的美妙而神圣的礼物。

这是一个来自苗乡的少年在贵阳的第一次阅读。它就像小说中的一个精彩的伏笔，注定了他人生道路的基本走向。这样说听上去有点玄，然而事实就是这样。就像人的一生会发生许多看上去毫无关联的事情，但它们最终还是会因某种机缘被凝结在一起。时间会改变现实的局面。事实上，后来发生的一切，充分证明了这个道理。在贵阳市师范学校就读的三年时间里，他一直秉持着勤思好学的优良习惯，凭借着扎实的功底，顺利地结束了学业，完成了人生最重要的一次跨越。

因为表现优秀，毕业后，他留在了贵阳工作。

在毕业后等待分配的那个夏天，他没有回到沃里坪，而是一个人待在贵阳，安安静静地领略着贵阳的城市景观和风土人情。现在，他没有了学习的压力，没有了就业的焦虑，没有了烦恼和不安。他从容不迫地在大街小巷中行走，轻盈的脚步踩踏着地面，发出的声音是那样干净和清脆，并且充满了青春的活力。一路上，他遇见了许多人，但他没有和他们说些什么，他只顾走自己的路，试图发现隐藏在这座城中的一些生动的细节。

他喜欢沿着校园前面那条林荫道慢慢地行走，然后穿过护国路前往南明河。他认为这是通往南明河的最理想的路径了。他之所以这样认为，是因为这些街道仍然残存着一些旧时的风貌。街道的两侧多是木屋，低矮且破旧，潮湿的墙角长满了青苔，它们以一种怀旧的方式在夕阳西下的时候占满他的视线。这时候，他仿佛是在欣赏一幅油画，或是在倾听一首萨克斯的独奏。

那条穿城而过的南明河总是一如既往地缓缓流淌，它是那样美丽，那样快乐，那样深邃。他是那样地热爱它。在河边行走，透过河流平静与秀丽的表象，他隐约感受到水面上那一个个细碎的波纹所暗含着的深意。它们是在诉说，还是在聆听？这一切只有等待时间去证明。在这里，他无意间将身边这条河赋予一种精神力量，他隐隐约约地觉得，它起伏不定的秉性似乎正暗合了生命与世道的无常。他常常在河边行走，试图从那些美丽的浪花中得到某种启示。

他要感谢这座喧嚣的城市，感谢这条灵动的河流，是它们赋予了他太多的灵感和智慧。

就这样怀着深深的感激之情和朦胧的憧憬，他在贵阳一待又是三年。这三年里，他并没有因为学有所成而去教书育人，而是阴差阳错地步入仕途。这与他的初衷相去甚远，但又没有办法改变。既成事实，他只能边走边看。就这样，三年的工作和生活在不尽如人意的状态中慢慢地度过了。在这种平淡的日子里，曾经的美好愿景也似乎总是在残酷的现实里面挣扎。随着时间的推移和年岁的增长，他感觉自己的心态发生了变化。他不再过分地去关注工作中每天发生的细节，而是开始思考未来的发展方向和人生归途。他不知道这样的变化是否意味着成熟。但是，他知道他已经长大了。长大之后就会与许多曾经热爱过的东西告别。也许是因为这样一种心态，当他在贵阳生活了一段时间之后，他就对这座城市产生了心灵上的疏远。少时眼中的那种对万事万物的新鲜感和好奇感已经不复存在，取而代之的是对故乡的热爱和守望，是对亲人的思念。

是啊，不知不觉间，他已离开沃里坪十多年了。经过十多年的磨炼，他从一个青葱少年成长为一个青年才俊。人长大了，又学到了一些知识，见了一些世面，就会产生一些想法，树立一个目标。在经过深思熟虑之后，他决定践行初心，回报桑梓。

机会总是留给那些有准备的人。

时值科举制度的废除，新学制的兴起，父亲的沃里坪义学不得不顺应新形势，面临学制的深度改革。老态龙钟的父亲已没有心思和精力应对这些烦琐的事务。义学的学制改革迫在眉睫，急需懂教育的人来帮衬，而他正好是师范学校的毕业生，无疑是最佳的人选。再加上他的两个哥哥几年前不幸被土匪杀害，家中还笼罩着悲痛的气氛，需要有人站出来遏制颓势，掌控局面。

故天将降大任于是人也，必先苦其心志，劳其筋骨，饿其体肤。这个人非他莫属。

就这样，面对故乡和省城，一个是初心，一个是现实。是去是留，站在人生的十字路口，他面临着艰难的选择。最终，他选择了回到故乡，践行初心。

子承父业，杏坛春晖

作为沃里坪教育事业的开拓者，龙绍华这个名字被沃里坪人熟记。因为，他倾囊相助，在沃里坪兴办了沃里坪民族实验小学，为苗族地区的孩子提供了一个良好的教育平台。因此，他成为沃里坪人的骄傲。当我在沃里坪走访时，人们都对龙绍华的为人处世赞赏有加。

1938年，龙绍华辞去了在贵阳的工作，回到沃里坪，继续父亲的教育事业，把教书育人的光荣传统继续发扬下去。他顺应时势，率先在松桃苗族地区改革教育旧制，用先进的教育理念和管理方式来办学校。除管理教学和后勤工作外，他还身兼教员一职。他在贵阳市师范学校读书时，阅读了大量的文学书籍，从而积累了丰富的文学知识，所以，他教授语文知识时得心应手。至于英文，他算不上精通，但也懂得一些简单的词汇和语法，并能用一口不太标准的英语将它们读出来。这样的功夫来源于县立初、高两级小学校打下的基础和贵阳市师范学校的巩固提高。沃里坪高等小学扩建成为沃里坪民族教育实验小学（即特种教育实验学校），龙绍华担任校长。

接受过新式教育的龙绍华认为封建社会的教育管理模式和教学模式已经不适应时代的发展了。鉴于此，他试图对学校的方方面面进行改革。通过整饬校风、纠正学生的思想言行等一系列改革措施，学校出现了欣欣向荣的局面。

沃里坪民族教育实验小学在校长龙绍华的治理下，继续扩大原来的校舍。扩建后，教室增加到10间，教师的住宿条件也得到极大的改善。学校还新增了从外地聘请来的教师,有四川的何梦云、贵阳的赵宇飞、思南的罗玉书,还有回乡的龙坤、龙正操等。这些教师的到来,为学校的教师队伍输入了新鲜的血液。校舍的扩大和师资力量的加强,提升了学校的核心竞争力。慕名而来的学生络绎不绝,就读的学生人数日益增多,超出了办学前的预期。这些学生在这里接受了几年的初级教育之后,多数可以进入铜仁乃至湖南相邻的更高一级的学校继续学习。可以说,特种教育实验学校为松桃苗族地区培养了大批的人才。

1944年,时局动荡,物价飞涨,教育发展受到影响。在这种情况下,龙绍华带领沃里坪民众积极应对危机,想方设法确保学校正常运转。沃里坪人积极行动,主动向教师和学生送粮食,送瓜菜,送燃料,使教师安心教书,学生认真学习,共克时艰,渡过难关。尽管在教育经费严重不足的情况下,他还是努力为老师营造一个良好的教学环境和生活环境。沃里坪学校的学制甚至从原来的四年增加到五年。随着学年的增加,教师队伍也相应扩大。在当时任教的青年中,也有不计较报酬的人。如从火连寨聘请来的青年教员田家乐、田家兵等人,他们在教学上认真负责,并积极参加组织抗日宣传活动。然而,当时国民党却对他们加以迫害。作为校长,龙绍华总是据理力争,千方百计地保护他们,不让他们受到伤害,使他们能够专心致志地教书育人。

由于师资力量的增加,开设的课程也相应地多了。因为当时正处在抗战时期,学校除上课外,还搞一些军事训练和抗日救亡的宣传活动——街头宣传、做墙报、演话剧等。与此同时,在学校的音乐课上,老师还教学生唱抗日救亡歌曲,如《大刀进行曲》《游击队之歌》《救亡进行曲》《义勇军进行曲》《军民合作》《热血歌》《游击乐》等,以此激励师生救亡图存,培养爱国情怀。

这期间,学校还组织年轻教师自编自演了一次话剧,宣传"反对封建礼教,提倡男女平等"的进步思想。

为了鼓舞士气,激发斗志,龙绍华还亲自将松桃县立小学的校歌稍做改动,当作沃里坪学校的校歌:

比秋青,

前景明,

树立我文化基础,

孕育我大好国民。

忠孝仁爱,

信义和平,

是我们立国的精神。

自力更生,

救亡图存。

大家团结,

大家努力,

完成国民革命之使命,

恢复中华民族之光荣。

一时间,校园内歌声飞扬,显现出一派欣欣向荣的景象。沃里坪人坚信,只要有教育,就会有希望。这是传承,也是坚守。

龙清化至今还清楚地记得在教室的外墙上悬挂着一句励志名言:"立志宜思真品格,读书须尽苦功夫。"这是龙绍华在沃里坪民族教育实验小学就职那天亲笔题写的。字体为正楷,一笔一画都规范严谨,刚劲有力。这句话刻在一块方形的楠木板上,每个字都被镀上一层薄薄的银。远远望去,犹如一条条银鱼在游弋。它不时进入人们的眼帘,然后激发出每个人内心的力量。对此,龙清化深有感触。他回忆说,每当学生进教室前,都要先看一遍这句名言,然后默念着走进教室,开始一天的学习。这是学校对学生们的激励。一开始，龙清化和他的同学们并不懂得这句名言的意思。后来，在一次学校的大会上，龙绍华对这句名言进行了专门的解读。大概意思是：树立远大志向的时候，要品行端正，读书的时候要下足功夫，刻苦尽力。龙绍华用这句名言激励沃里坪的学子，告诉他们成功要用理想去引路，要用创造力去开拓，要用汗水去浇灌。

龙清化从龙绍华激越的话语中，似乎明白了其中的要义和道理。他感到了一种催人奋进的力量。从那时起，他每天走进教室之前，都会认真地默念这句话，而且会默念五遍。这样的习惯，他保持了很久。这句名言成了许多在沃里坪就读过的学生求学道路上的信条，影响了几代人的教育观念和处世原则。

沃里坪人每当谈起这句名言的时候，总是骄傲而自豪地说，这是沃里坪的教育理念，是专门用来激励孩子好学上进的。虽然，现在的沃里坪已经失去了往日的绚丽色彩，那所为苗族地区培养了许多人才的小学校也早已湮灭在历史的深处。但是，那种执着的教育情怀，依然令我们肃然起敬。

经世致用，研究苗文

龙绍华曾去过沅陵、长沙、武汉、上海等地游学。他通过外出学习，开阔了眼界，增长了见识，学术水平显著提升。学成归来后，他以新的视角研究苗族的历史、语言、风俗，成果斐然，为他后来研究苗文找到了路径，夯实了基础。

一直以来，苗文的缺失在一定的程度上阻碍着苗族经济社会的发展。为了突破这一瓶颈，许多苗族知识分子在不断地探索解决苗文缺失这个问题的方法和途径。历史上，有许多苗族知识分子投入了大量的时间和精力解决这个难题，取得了不俗的成绩。他们结合各自的方言建立自己的文字系统，为后来国家统一创制苗族文字起到积极的借鉴和参考作用。

作为一名苗族知识分子，龙绍华试图改变这个落后的现状，让苗族人有属于自己的文字。为此，他常常冒着酷暑，顶着寒风，翻山越岭，到各个苗族村寨走访。他跑遍了整个腊尔山地区，得出了一系列音阶方面的差异性数据，也掌握了不同区域的发音特征，为他研究苗文积累了丰富的第一手资料。

厘清了发音规律只是苗文创制的其中一个环节，会说苗话的人要解决这个环节其实并不困难，困难的是用什么方式来构建发音的载体，从而组合成文字。这是他竭力思考的问题。幸运的是，他遇到了一个帮助他破解难题的高人，这个人就是郑哲克。

在此之前，松桃苗族地区曾经产生过古代苗文等很多老版本的苗文。这种苗文是根据汉字的"六书"造字传统编创的，字形像汉字，读音是苗语。

而龙绍华和郑哲克则选择使用拉丁字母，用国际音标标注，可谓另辟蹊径。龙绍华所探寻的这条新路径是他才华的流露和慧根的凝结，也是他热爱苗族文化的体现。这套苗文在松桃苗族地区得到了大面积推广，有力地推动了苗族文化的发展。

龙绍华作为苗族语言文字研究的专家，曾被聘为贵州方言讲习所的研究员，专门负责苗语东部方言的文字研究。龙绍华到贵州方言讲习所之后，工作效率极高，短时间内就编创了一本苗语东部方言的教材。由龙绍华独立编制的《苗文课本》就是当时官方正式认可的苗文教材。

龙绍华参与研究的这套苗族文字至今还在影响着苗族人民的文化生活。1956年，国家组织一大批语言学家创制少数民族文字，其中的苗语东部方言文字就是在他们研究创造的那套文字的基础上形成的。其语音也是以龙绍华长期生活的芭茅、吉卫一带的语音为标准音。

龙绍华就这样怀着满腔的热情在松桃大地上播种着文化的种子，散发出无穷的光芒。

为善最乐

龙绍华凭借着强大的内心和过人的才干，把沃里坪小学校办得风生水起，成绩斐然，这体现了他对故乡的热爱。在父亲去世之后，两位兄长又意外地遭遇土匪的枪杀，家族显现颓势，族人深陷焦虑之中。在这种情况下，家族上下所有人的眼光都不约而同地投向了他。因为他年轻有学识，社会经验丰富，重振家族的重担便落到他的肩上。

在族人的期盼中，他接过了父亲的教鞭和账本，成为沃里坪发展道路上的掌灯人。

在人们的印象中，他总是戴着一副金色边框眼镜，斯文白皙，身材瘦削，眼神清澈而真诚，俨然一副书生模样。然而，这并不影响他带领沃里坪人把苗寨建设得更好。他用一系列有力的举措治理村寨，从而赢得了人们对他的信任和爱戴。

勤劳的沃里坪人在龙绍华的带领下辛勤地劳作。在沃里坪的田间地头和房前屋后都有人们忙碌的身影，这是一幅多么鲜活而美好的图景。

沃里坪人通过奋斗过上了较为富足的生活。当时，沃里坪拥有一百多栋木瓦房。其中，有些人家的房屋建筑较为高大。尤其讲究的是，房子都装有雕花的门窗，图案大都是花鸟。由于雕刻技法精湛，这些图案栩栩如生，充满了灵性与生机。

这样的房子错落有致地排列在一起，像巨大的羽翼，驮着沃里坪飞翔在比秋山下，气势雄伟，造型华贵。沃里坪人把寨子所有的角落，都以廊檐的方式连通起来，即使是下大雨，人们也不用打伞，可以穿着布鞋到处走动。这种到处遍布的廊檐，既能让人免受淋雨之苦，又能让人安然地观赏雨景。这种建筑风格表达了沃里坪人对和谐社会的追求与向往。同时，这也是沃里坪人智慧的集中体现，是沃里坪人勤劳致富的历史见证。

富足的沃里坪吸引了许多贫苦之人前来投奔，他们希望在这里谋求生计。面对前来讨生活的人，善良的沃里坪人从不排斥。

一位石姓男子因为家里极贫，田土稀少，食不果腹，他年轻时就从不远的鸡爪沟苗寨来到沃里坪，谋求生计。因为贫穷，他没有房子，见此情况，龙绍华就召集寨里的人帮助他建房。大家有柱子的出柱子，有木板的出木板，有瓦的出瓦，有钱的出钱，没钱的出力。很快，一栋木房就建起来了。他有了房子就算有了家，心也就安稳了下来。后来，他又娶了一个本地的女子为妻，生养了石小。石小从小就聪明伶俐，在沃里坪小学接受完启蒙教育后，就以优异的成绩考上了铜仁的一所学校。因为家里没钱送他去读书，父亲一度想让他放弃学业，但遭到了龙绍华的反对。龙绍华为他筹集资金，石小得以顺利地完成学业，后来考取了松桃初级师范学校。

像石小家这样受到过龙绍华关照和帮助的家庭，在沃里坪还有很多。有了龙绍华的支持和帮助，他们也积极参与建设沃里坪的教育事业，成为沃里坪发展史的创造者和见证人。这充分体现了沃里坪人海纳百川、有容乃大的宽阔胸襟和高尚情怀。

有一年全县遭遇了一场前所未有的大干旱，一连两个多月滴雨未下。眼见庄稼日渐枯萎，人们心急如焚，只能采取简单的措施进行抗旱，如用龙骨车等工具运水为地里的庄稼灌溉，但仍是杯水车薪，无济于事。在沃里坪，牛卧在比秋山上，耷拉着耳朵，迷惘地望着太阳。村寨的枫树下，人们开始敲打皮鼓和铜钹，仰天吹奏号角，祈求着天空降下甘霖。但是，天气依旧炎热，没有下一滴雨。

旱灾一直持续着，直到七月中旬才下了一场小雨，但这场迟来的雨并没能挽救濒死的庄稼。到了秋收的季节，田地里仍然是颗粒无收。好在当年沃里坪人还有些余粮，节省着粮食勉强活了下来。

灾情日趋严重。挨饥受饿的人，由于身体虚弱，走起路来东倒西歪。有的人走不动了，靠在路旁想休息一下再走，往往一靠下去，就再也站不起来了。在那灾荒年岁，能侥幸活下来，实属万幸。"今日脱下鞋和袜，不知明朝穿不穿"的民谣，即是当时的真实写照。

为了帮助更多的灾民不被饿死，龙绍华决定开仓赈灾，煮粥济民。这一决定得到了沃里坪人的支持，人们便纷纷行动起来，在进寨的路口打了几口灶，用大锅煮粥赈灾。沃里坪煮粥赈济的义举在三个月之后，因为粮食不足，而被迫终止了。但小范围的善举仍在继续。

随着灾情的缓解，刚刚缓过气来的人们开始抢抓农时，精耕细作，播下了希望的种子。大量的灾民撤离了沃里坪，重新回到了自己熟悉的土地。苦难的灾年总算熬过去了。

沃里坪又恢复了往昔的祥和与宁静。

但龙绍华的仁善之举还在以不同的方式延续。

从松桃到所里（今湖南吉首）要经过沃里坪，常有挑夫、行商来来往往。龙绍华看到有的挑夫、商人磨破了肩膀，走肿了双脚，有的途中得病掉队，他就号召沃里坪人尽力帮助他们。比如给他们安排住宿，为他们烧水洗脚，临别时还给他们换上新草鞋。过往的路人难免会遇上烈日暴雨，龙绍华就召集沃里坪人有钱出钱，有力出力，仅用了几天时间，就在路边搭建了两座亭子，供过客遮风挡雨和歇脚。

他通过这些善举，赢得了人们无限的敬意。

第三章
新苗文的筑基人

背诗的少年

初春的一个早晨，稀薄的山雾夹杂着丝丝的凉意笼罩着沃里坪。它似乎在遮蔽着一种神秘的力量，而这种力量会在太阳出来之后牵引着沃里坪人开始新一天的生活。山雾就像一个精灵，它总是以妖娆的身姿和曼妙的舞蹈吸引着太阳的光芒和热量。这天早晨，太阳果然禁不起山雾的诱惑，缓缓地从比秋山上升起。太阳的光芒在沃里坪的上空飞舞着，在驱散了低悬而徘徊的山雾后，普照在万物之上。这时，有一束光正好透过路旁的一棵梨树，在地上形成一片斑驳的光影。这片不规则的、黑白相间的光影正随风而动。

然而，就在这时候，一个少年手捧着一本线装书站在了这片光影里，以至于他的脸上和展开的书上都布满了光影。一滴挂在他眼角的清泪正好被亮光照射，折射出另一束光，有些许刺目。

这个少年就是龙正学。

1918年8月24日，龙正学出生于松桃县盘石乡沃里坪村一个富足开明的苗族家庭。其父龙绍奎、叔叔龙绍华均为人正直公道，深得乡民爱戴。龙正学深受父辈影响，从小勤奋好学，懂事明理。

龙正学当时正在沃里坪高等小学校读一年级，因为家庭文化的熏陶，他对古诗词充满了强烈的兴趣。在上小学之前，他就会背诵许多唐诗和宋词。在先生和大人们的眼里，他是一个求上进、明事理的孩子。没想到他因为默写唐代诗人李白的《行路难》时，把其中的两句忘了，导致考试没及格，受到教书先生的批评。晚上放学回家后，他被父亲惩罚，不准吃饭，闭门思过。父亲还罚他第二天一早站在路边朗读《行路难》，直到把那首唐诗一字不落地背下来。他感到前所未有的委屈，但又不敢违拗父亲的命令。于是，一大早他就站在路边的那棵梨树下，趁上课之前的一段时间，开始大声地背诵《行路难》。

他背诵的声音传得很远，引来了人们的围观。路过的学生把他的状况告诉了先生。先生听后，并不惊讶，也不好奇，只是点头微笑。因为先生心里清楚，这是他父亲对他的磨炼。围观的大人们看着他在路边背书，纷纷表示赞许。往返于湖南和松桃两地的商贩，经常在沃里坪歇脚。他们听到龙正学背诵的声音，便情不自禁地停下脚步，好奇而钦佩地看着他。

从那以后，他在路边背书的事情就在沃里坪广为流传。他成了沃里坪学子中奋发读书的典型。

不料，在一个阴雨连绵的日子，灾难突然降临了。在从仁务回沃里坪的路上，龙正学的父亲和伯父遭到土匪劫夺，不幸离世。突然之间，两位亲人不幸遇难，无疑给沃里坪龙氏家族蒙上了一层厚厚的阴影，也给年幼的龙正学造成严重的心理创伤。但他并没有因此放弃学业，而是化悲痛为学习的动力。后来的日子里，读书成为他治疗所有痛苦的精神良药。没有了父爱，他更加努力地学习，使自己变得强大起来。每次考试，他都名列前茅，深得先生的喜爱。

有时候，他站在那棵梨树下捧着书本，像当年一样大声地背诵《行路难》，重现着当年的情景。诗歌中的意境和情绪仿佛已渗入血液，在他的身体里淙淙地流淌。这饱含深情的朗诵表达了他对父亲的缅怀。

每当生活陷入困顿的时候，他总会读《行路难》来激励自己。他相信尽管前路障碍重重，但终有一天会像诗中所说的那样，乘风破浪，挂上云帆，横渡沧海，到达理想的彼岸。

不知什么原因，他在沃里坪读完小学之后并没有继续上初中，而是在家休学了四年。在休学期间，他每天都坚持学习，经常去学校旁听，有时还与教书先生交流学习心得。

1936年春天，他又重新获得了读书的机会。在得知招考消息的时候，他兴奋不已，彻夜难眠。因为他清楚地知道，这次机会稍纵即逝，如果不好好地把握，四年的等待和付出也就会付诸东流。当然，机会往往是留给那些有准备的人。

而他早已胜券在握。

负笈外地

这次招考的对象主要是贵州省的少数民族学生，凡是符合条件的学生都可以参加考试，县政府从中选拔成绩优良的学生作为保送对象。一经录取，学生即可享受公费生的待遇。龙正学就是在这次考试中脱颖而出，以全县最高分的成绩由县政府保送至贵州省立青岩乡村师范学校就读。

这一年，他刚满十八岁。

这一年，他用一次完美的考试成绩当作成人礼为自己庆祝。

贵州省立青岩乡村师范学校位于贵阳青岩。在那个交通不便的年代，从松桃到贵阳完全靠的是步行，这对于一个从未出过远门的孩子来说，显然是过于艰辛了。但这并没有动摇他外出求学的决心。面对艰难的求学之路，他没有惧怕，更没有退缩。他与一位姓姚的同学结伴而行，在开学的前十天就踏上了去贵阳的求学之路。

一个仲夏的黎明，亲人依依不舍地把他送出家门，送出寨子。他挥手告别亲人，那个叫沃里坪的苗寨离他越来越远。从此，他开启了漫长的求学之旅。一路上，他看着袅袅的炊烟、水田里青绿的秧苗和远处泛青的杉树，一时间，离愁别绪涌上心头。真可谓，十里家乡路，半朝乡情浓。他显然被自己突然产生的这种情绪萦绕着，难以解脱。但是一想到未来，那种情绪一下就消散了。他感觉热血在他的周身肆意流淌。

这一路他将会遭遇怎样的磨难？所有人都无法预料，当然也包括他自己。

从松桃县城出发不久，在翻越凉亭坳的途中，他们就意外地遭遇了一群狼。因为森林茂密，他们只闻其声，不见其形。尖锐的狼嚎声划破宁静的森林，使他们不寒而栗。他们被狼嚎声吓得不敢动弹，于是在路边的一个土坎边躲避起来，但这几乎起不到防护作用。好在凉亭坳是从松桃到铜仁的必经之路，不时会有行人经过，也有当地的苗族群众在山上砍柴。就在他们蜷缩在土坎边等待狼嚎声远去的时候，一个砍柴的苗族中年男子走到了他们跟前，用苗语和他们打招呼。听见有人用苗语说话，他们紧张的心情顿时松弛了下来。他用苗语和砍柴的人讲了刚才的经过，砍柴的人听后笑了笑，对他们说："不要怕，狼嚎声听起来很近，其实狼离你们还很远哩。当它们不再嚎叫的时候，就意味着离你们很近了，那是因为它们在做攻击前的准备，这才是最危险的时候。"

他们和砍柴人边走边聊，不知不觉就到了盘信。

在摆脱了恐惧感之后，一阵饥饿感袭来。他们停下来在盘信吃了点东西，顿觉增添了许多力量，于是又匆匆上路。

经过一天的跋涉，他们进入了镇远，来到崇山峻岭之中，一路上，荒草萋萋，他们走了很远的路都没有人烟。恶劣的自然条件和遥远的路程，又一次在他们的心中留下了一层阴影。但是，为了实现理想，他们还是时刻准备着迎接一切挑战。

也许真的是吉人自有天相，在离开镇远不久，他们意外地遇上了一支从镇远去龙里换防的部队。这就意味着他们可以跟随部队一直走到龙里，而龙里离贵阳也就不远了。这样，他们就不用担忧路途中再遭遇什么不测。一路上，部队休息，他们也休息，部队埋锅造饭，他们也拿出口袋里的食物在一边吃。就这样，他们跟着部队走了一上午。就在吃饭的时候，龙正学听见部队里有人在说苗语，这让他感到既亲切又兴奋。于是，他上前去和他们用苗语交流，结果让他十分惊喜。原来，这支队伍正是罗启疆部队的一个营，他们中的大多数都是松桃人。更让他兴奋的是，这支部队的许多人都认识他的兄长龙正操。一听说他是龙正操的弟弟,那些士兵都不约而同地对他表示出热情和亲近,并保证把他安全送到贵阳。由于有部队的护卫,接下来的路程,他们走得顺顺利利,一路上还看了许多美丽的风景,这让他们心生愉悦。不知不觉间,他们比原计划提前两天到达学校。

新的学校,新的环境,新的面孔,新的期待,让龙正学忘记了旅途的劳顿。一放下行囊,他就迫不及待地去熟悉校园环境,试图发现一些与学校有关的历史信息。

青岩山清水秀,人杰地灵,文化底蕴丰厚。1935年4月,中央红军长征经过青岩,在青岩播下了革命的火种。抗战时期有不少的学校内迁到此,使得这个小镇活跃起来。贵州省立青岩乡村师范学校就是在这样一个时代背景下,于1936年春在青岩创办,校址选在龙泉寺内。

龙正学是贵州省立青岩乡村师范学校招收的第一届学生。学校初建,规模较小。乡村师范学校顾名思义,就是以培养乡村的小学教师为主,一年制的招收初中毕业生,四年制的招收高小毕业生。学校设有高中师范科、简易师范科,龙正学读的是初中简易师范班。

乡村师范学校重视发展少数民族教育,采取激励手段,并不断提高学生的生活待遇,使一些贫困山区的少数民族学生有机会走出大山,走进乡村师范学校的大门。

贵州省立青岩乡村师范学校开设基础教育课程。初中简易师范班设有语文、数学、物理、化学、历史、地理、生物、心理学、教育原理、教育概论、教育实习、体育、音乐、绘画、时政、种植、园艺等课程。学校周围的山坡上开办有农场,供学生实习。丰富的教学内容和灵活的教学模式,让龙正学获得了各种新知识、新思想。他对每一节课程都充满了热情和向往。在"诚、朴、勇、勤"校训的引导下,他保质保量地完成了学习任务,并取得了优异的成绩。在第一学年他就被评为优等学生,这更激发了他的学习斗志,并进一步催生了他回报桑梓的愿望和理想。

1937年,日本帝国主义开始全面侵略中国,给中国人民造成了严重的灾难。为了抗击日本帝国主义的侵略,全国人民团结起来,用各种方式与日本侵略者进行坚决的斗争。偏居一隅的青岩小镇也打破了往昔的安宁,人们纷纷走向街头,抵制日本的侵略,为抗日前线的将士们捐钱捐物,誓死捍卫祖国的尊严。

贵州省立青岩乡村师范学校在第一时间就勇敢地举起了抗日的义旗,和全国人民一道发起了对日本侵略者的反击。这一时期,学校在注重知识传播的同时,还注重培养学生的爱国主义精神,在教学中用歌声唤起教师和学生抗日救国的激情。

也就是在这个时候,中共地下党开始在学校进行革命活动,号召全国人民团结起来一致抗击日本帝国主义的侵略。作为抗日救国的积极分子,龙正学通过中共地下党的活动,初步接触到了进步思想,受到了爱国主义的教育,从而萌生了知识救国的念头,激发了报效国家、振兴民族的信念。

就这样,他怀揣着坚定的信念,在抗日的硝烟和炮火轰鸣声中潜心学习各门功课。最终,他以优异的成绩完成了四年的学业,取得了学校颁发的毕业证书。按照学校的规定,学生毕业后,原则上要回到边远少数民族地区工作。因此,贵州省立青岩乡村师范学校为贵州培养了一大批能文能武、艰苦朴素、扎扎实实地服务于农村教育事业的教师,为少数民族地区教育的发展奠定了坚实的基础。

在贵州省立青岩乡村师范学校学习的最后一个学期,龙正学有幸结识了著名的教育家黄质夫先生。

作为贵州省立青岩乡村师范学校的第四任校长,黄质夫奉行陶行知先生的"生活即教育,教育即生活"的办学理念。在学校农场的大门前悬挂有陶行知先生撰写的一副对联,内容是"和马牛羊鸡犬豕交朋友,对稻粱菽麦黍稷下功夫"。黄质夫先生还提出了"科教兴农，教育兴邦"的思想。黄质夫先生认为教育是神圣的事业，要终身从事教育，生活再苦也要安贫乐道，要以能教育天下英才为乐。当一名教师要学有专长，当仁不让，以献身教育、造福边疆为己任，为国家培养更多英才。

黄质夫先生的教育理念，在学校引起了巨大的反响，同时也在即将毕业的龙正学的内心掀起波澜。站在人生的十字路口，他将何去何从？如果按照黄质夫先生的教育理念和学校的办学原则，他应该回到家乡去做一名乡村教师。学有所成，回乡教书育人，用知识回报桑梓，这不仅是黄质夫先生的教育理念，也是家乡父老对他的期盼。毕业那年，抗日战争的烽火正燃遍祖国的大江南北。时世危艰，家境日渐衰败，母亲希望他早日学成归来，重振家业。

然而，龙正学并没有立即回到沃里坪做一名乡村教师。在认真思考，并征得母亲和叔伯的同意之后，他婉拒了学校的分配，决定继续深造。毕业后，他考进了重庆巴县界石场蒙藏学校高中部。

在龙正学毕业的那年冬天，贵州省立青岩乡村师范学校由青岩搬迁到榕江县。次年，贵州省立青岩乡村师范学校更名为贵州师范学校，黄质夫先生任校长。学校继续扩大招生，招收邻近几省的生源。在黄质夫先生的领导下，贵州师范学校为贵州边远少数民族地区培养了师资，为我国乡村师范教育事业的发展做出了积极的贡献。随着学校的顺利搬迁，龙正学成了贵州省立青岩乡村师范学校最后一届学生。

虽然毕业后没有回到家乡去当一名乡村教师，而是选择了继续深造，这看上去似乎有些背离了学校的宗旨。但在龙正学看来，厚积薄发，掌握更多的知识，打开更广的眼界，才能更好地服务于社会和国家。从这个意义上讲，他的选择和学校的宗旨并不矛盾，某种程度上还有一定的契合。他一直认为，黄质夫先生的教育理念和教育思想影响了他的一生。在后来的日子里，他选择将教书育人作为毕生的事业。在漫长的教书生涯中，无论身处何种境地，他都怀着一颗善良的心，以培养人才为己任，践行"诚、朴、勇、勤"的校训精神。可以说，黄质夫先生的教育理念和教育思想，是他教学的动力源泉。

也正因如此，在贵州省立青岩乡村师范学校的四年学习时光，成了他漫漫求学路上的重要阶段，也成了他终生难以忘怀的美好记忆。

金榜题名

对龙正学来说，去重庆巴县界石场蒙藏学校继续读高中的选择是艰难的，因为当时重庆作为战时的陪都，随时都有可能遭到日机的轰炸，安全得不到保证，但这并不是主要的原因。让他难以抉择的主要原因是家庭经济困难。重庆离家乡远，各方面的花销增多。而且，父亲的早逝使得家里失去了顶梁柱，经济拮据，母亲很难支持他继续完成学业。

好在母亲是一个十分坚强的人，也是一个知书达理的人。母亲十分懂得知识的重要性。所以，无论再艰难，母亲最后还是咬紧牙关，支持他继续读书深造。就这样，在母亲的支持和叔伯的资助下，他踏上了更远的求学之路，来到重庆巴县界石场蒙藏学校。

站在一个更新更高的起点，这就意味着龙正学离梦想又近了一步。

他先是在蒙藏学校的预备高中班补习了一年的英语，然后以优异的成绩进入高中正式班，开始了三年的高中生活。

三年的高中生活，有喜悦也有惆怅。身处异乡的他倍加思念家乡和亲人，再加上重庆雾蒙蒙的天空中总是盘旋着日本侵略者的飞机，也让他内心充满担忧与恐惧。无数的炸弹从飞机上扔下来，地面顿时发出一阵阵刺耳的爆炸声。即使在距离重庆市中心较远的巴县界石场，也能闻到战争的硝烟味。有一天下午正在上课，刚听到飞机在天空中划过的声音，一颗炸弹就落在了学校的附近，爆炸声响彻云霄。学生们冲出教室，看见一团浓烟平地升腾，先是越滚越大，越升越高，然后随风飘散，慢慢消失。

国难当头，个人的命运和国运息息相关。和所有人一样，龙正学也难逃时世的艰难和学业的艰辛。尽管如此，他的人生目标依然明朗而坚定，那就是用知识拯救国家。所以，在重庆巴县界石场蒙藏学校学习的四年时间，尽管经常能听见日本飞机的轰炸声，尽管危险就像影子一样时时跟随，但他仍然潜心研读，立志用知识报效国家。

经过三年苦读，他终于毕业，并以优异的成绩考入贵州大学。

这一年，他二十五岁。

四年前，他从贵阳到重庆，四年后又从重庆回到贵阳，这看上去不过是一次简单的往返，但它实际是人生螺旋式上升的一个过程。从一个站在路边背书的懵懂少年，到成为一名大学生，他经历了十多年的寒窗苦读。在这漫漫的求学路上，他用智慧和心血实现了命运的逆转，书写了人生的华丽篇章。

他入学的那年所学的专业叫历史社会学，到1945年才改成历史学。从此，他与历史学结下了不解之缘。

进入大学，在开放的、兼收并蓄的校园内，各种思想文化如鲜花一样竞相绽放，缤纷夺目。在积极奋进的校园氛围中，他对国家和民族充满了热爱。在陆宗棠等一批思想进步的同学影响下，龙正学经常去听进步教师的学术报告和形势讲座，阅读进步书籍，革命思想进一步成熟。他怀着一腔热血，加入了抗日救亡的行列。就这样，在大学期间，他一边学习，一边参加革命活动，努力让自己成为一个有知识、有理想、有作为、有担当的进步青年。就在他满怀憧憬和希望进入大学二年级的时候，日本帝国主义的侵略行径在中国的土地上不断地扩张，一度把战火从广西烧到了贵州境内。1944年，日军侵占贵州独山，大批难民涌入贵阳，龙正学积极参加战地服务队的工作，安排疏散难民，体现了一名进步青年的责任担当。在这个危急时刻，贵州大学出于安全考虑，决定将学校整体迁往遵义。迁址期间，学校暂停教学活动，全体学生休学一年，看形势发展再另行确定复课时间。

就这样，他怀着无比沮丧的心情，回到了沃里坪，开始焦虑而漫长的复学等待。在家期间，他一边帮母亲干点农活，一边受邀到沃里坪小学校做代课老师。此外，他和叔叔龙绍华对苗文的创制进行了深入的研讨。在龙绍华的帮助下，他学习到了古苗文的相关知识，这为他后来研究苗族历史、搜集整理苗族古歌打下了基础。更重要的是，他从古苗文中得到启发，并成功地把古苗文当成新创苗文的范本，为新苗文的创制做出较大贡献。从这个意义上讲，他的等待又是值得的。

1945年，中国人民取得了抗日战争的伟大胜利。在等待了一年之后，贵州大学复课。龙正学又回到了熟悉的教室，开始了新的学习之旅。通过五年的认真学习和刻苦锻炼，他最终以优异的学习成绩和良好的行为表现赢得学校师生的一致好评，得到留校任教的机会，成为贵州大学历史系的一名助教。这对于一个从偏僻苗寨走出来的苗族青年是十分幸运和难得的。

从沃里坪的小学到贵州大学，他用了十多年的时间，凭借着顽强的毅力，克服了无数困难，抱着"书山有路勤为径，学海无涯苦作舟"的坚定信念，实现自我超越，完成了人生蜕变。

淬火成钢

贵州解放后,龙正学怀着对中华人民共和国的热爱,怀着对中国共产党重视培养少数民族知识分子的感激之情,怀着无比坚定的信念,满腔热情地投入工作中。由于他思想进步,工作表现突出,1951年,在贵州大学工作还不到三年时间,他就被选送到中央民族学院军政训练班学习。同年11月,他被抽调到该院少数民族语文系参加创制苗族文字的工作。不久,他又被派去中国科学院语言研究所学习国际音标和语言学。1953年春,他从中国科学院回到中央民族学院少数民族语文系,与马学良等国内著名的民族语言学家一起从事教学和研究工作,正式从贵州大学调入中央民族学院工作。

调入中央民族学院少数民族语文系后,他一边教书,一边参与苗族文字的创制。这是他擅长做的事情,也是他认为有意义的事情。这份工作让他找到了人生的奋斗目标和动力源泉。所以,那段时间,他感觉生活非常充实。尤其让他感到兴奋的是能够和马学良这样的学术大师在一起工作和生活,真是十分荣幸。与这些大师共事,龙正学从他们的身上学到了许多做学问的精神和做人的道理。马学良学术功底深厚,在调入中央民族学院之前,他是北京大学中文系和东语系的教授。龙正学和这些优秀的学术大师一起工作,常常得到他们的指点和提携,这对于他来说,是一件非常幸福的事情。在这里,他似乎看到了一片更广阔的新天地。在这片新天地里,山花烂漫,溪水长流,他可以无拘无束地遨游学术之海。

巧合的是,他和马学良几乎是同一年进入中央民族学院的。1951年,马学良从北京大学调入中央民族学院,组建少数民族语文系,并任系主任。20世纪50年代初,中华人民共和国刚刚成立,各行各业百废待兴。中国少数民族的语言文学事业才起步,急需汉语言文学界的帮助指点,也盼望相关的学术大师培养一些民族语言学方面的少数民族人才。作为既精通汉语语言学,又精通少数民族语言学的马学良深知这种盼望的意义。在中央民族学院少数民族语文系组建之后,他就在全国各地物色人才,充实教师队伍。龙正学就是在这时候得到马学良的关注。当时,龙正学已经有两年的助教经历,再加上他懂苗语,所以把他从军政训练班抽调到中央民族学院少数民族语文系参加创制苗族文字的工作是很合适的。

那时候,马学良请来各个方面的专家,为学校的师生上课,使师生大开眼界。许多年之后,龙正学仍然能回忆起当年罗常培、王力、吕叔湘、高名凯等名师讲课的场景。除了请名师讲课,马学良还身体力行,为学生讲授普通语言学和普通语音学方面的知识。这些知识让龙正学受益颇多,他十分感激马学良先生对他的引导和教诲。

有一次,他作为马学良的助手,与马学良一起到广西融水做田野调查。他们一路采风问俗,访古探幽,记录融水苗族的语言、风俗、民歌和传说故事。这次的田野经历引发了他强烈的研究兴趣。他立志为民族文化的挖掘和整理做一点力所能及的贡献。从此,他就和苗族文化研究结下了不解之缘。后来,因为创制苗文工作的需要,他在中央民族学院少数民族语文系任苗语教师期间,曾先后两次带队到湖南、四川、贵州等地的苗族地区,对苗族东部方言进行精准识别和考证,同时,也对当地的物质文化和非物质文化进行大规模的搜集和整理。和当年跟随马学良实地考察融水一样,他跋山涉水,走村串寨,遍访苗族民间文化耆老。在调研过程中,他得到各地苗族同胞的热情接待和大力支持,与他们结下深厚的友谊。

1954年4月,正值万物复苏、气象更新的美好时节,鲜花盛开,草木返青，大地呈现出一幅欣欣向荣的画面。在一派春意盎然的景色里，怀抱着激情和理想的龙正学带领考察团队，正走在僻静的湘西苗寨的乡间小路上，探寻那些尘封在历史深处的细节和真相。这些苗寨就像他的家乡一样，有着他熟悉的语言环境和风俗习惯，所以，不论是在寨子里行走，还是与寨子里的人交谈，他都没有一点陌生感。他的家乡沃里坪就在湖南湘西和贵州松桃的交界处，同属于苗语东部方言区。他生于斯，长于斯，自然对苗语东部方言了然于胸。

到达湘西之后，他第一站去了花垣县的排达乡，也就是现在的雅酉镇。该镇位于花垣县南部，系苗族聚居乡。这里设有墟场，为花垣、凤凰两县边界的农副产品集散地。

龙正学的花垣之行之所以首选雅酉，不仅是因为雅酉与他的家乡沃里坪仅一山之隔，还因为雅酉的苗族传统文化保存得十分完整。在那个交通不便的年代，沃里坪和雅酉都是从松桃东部进入湘西的必经之地。两地虽然相距不远，但他却从来没有去过雅酉，对雅酉的风貌完全停留在想象之中。这次雅酉之行是为了采访那里出名的苗族祭司田德。田德祭司当时已经六十七岁了，不会说汉语，更不识汉文。但他会讲苗族《古老话》，还会唱古歌，是世袭的苗族祭司。

龙正学就是通过田德的叙述走进了苗族创世纪的多维空间和事实真相。

龙正学来到雅酉的滚岩寨田德的家中，走进了田德的生活。他在简陋而粗糙的生活环境里待了半年之久，与其同吃同住同劳动，以至诚之心赢得了田德的充分理解和信赖。在他与田德的促膝交谈中，田德毫无保留地把苗族仪式的相关信息原原本本地告诉了他，使他对苗族历史有了一个大概的了解。

在与田德的交谈中，那些关于历史的讲述和歌吟，他听得一头雾水，但这并没有影响他的耐心倾听和认真记录。

龙正学认为苗族的祭祀仪式表现了苗族人最原始、最质朴的心理和愿望以及对宇宙和人类起源的认识。这些仪式既反映苗族先民朴素的唯物史观，又反映他们对日、月、星、云、风、雨、雷等的原始信仰和崇拜，成为苗族历史文化的见证。它们是流淌在时间深处的一条隐秘的河流，于万顷波涛中容纳苗族人生命中的全部内容。爱和恨，欢乐和痛苦，执着和彷徨，它们就像一朵朵浪花，在一泻千里的历史长河中跳跃不止。

这一次滚岩寨之行，通过田德的讲述和歌吟，苗族历史上的一些场景和细节逐渐明晰起来。这让他深刻地认识到，那些尘封在时光隧道里的世界起源、万物产生、人类繁衍、氏族形成、人口迁徙等铸就了苗族人民的心灵史，是苗族人民的集体记忆。这次考察为他后来编写《苗语课本讲义》、翻译《苗族创世纪史话》和从事苗族历史文化研究积累了宝贵的资料。

从雅酉回到北京后，他就开始着手编写苗族东部方言课本。不到两年时间，他就完成了十多万字的《苗语课本讲义》。《苗语课本讲义》对苗族东部方言的语法体系进行了全面论述，其中的静物名词与动物名词的区分论、动词的动向论、冠词论、形容词与状词的区分论、句法成分的可移动性论等观点，虽不是言之凿凿，却是根据苗语东部方言的特点总结出来的。同时，《苗语课本讲义》以保存语料、提供研究参考为目的，对每条基本词语所载负的主要语法信息进行重点论述，从而起到以语法信息呼应语法体系的作用。可以说，《苗语课本讲义》的编写，为日后新苗文的创制起到积极作用，受到马学良教授的高度赞赏，获得业内人士的一致好评。

为了修订《苗语课本讲义》，1956年他再一次深入湖南湘西，到花垣县猫儿乡实地考察苗语方言。这次考察是随着国家大规模考察少数民族语言一同进行的。国家为了帮助有语言没有文字的少数民族创制文字，一共派出7个工作队，计700余人，分赴祖国各地调查少数民族语言。其中，第一、第二、第三工作队分别负责布依族、水族、苗族、瑶族、侗族语言调查。苗瑶语言属第二工作队,由马学良教授负责带领。龙正学任第二工作队第二中队队长,在苗语调查东路、中路、西路和黔东南以及海南岛小组工作中,负责东路工作,也就是贵州、湖南、四川交界地带的苗语方言,即后来统称的苗语东部方言。

这是他第二次进入湖南湘西调研。当他从北京坐火车然后换乘汽车抵达湖南花垣猫儿乡的时候,他所奔向的地方似乎并不是只有贫困,同时还有奇迹与惊喜。他就像一个探明了矿藏储量的地质工作者,早已备好行囊。在春天的最后一场暴雨中,几只绕梁而飞的燕子和林间翻飞的鸟儿,正以一种热烈的方式欢迎他的到来。

在猫儿乡,他意外地遇到了当地远近闻名的苗医龙玉六。他是《古老话》传唱的大师。与龙玉六的初次见面,是在乡公所旁边的一家小卖部前。他们一边喝酒,一边交流,相谈甚欢。他怎么也不敢相信,坐在他面前的竟然是一个大师级的人物,因为只有五十一岁的龙玉六与他想象中的样子相去甚远。但与龙玉六深入交谈之后,从龙玉六字正腔圆、情绪饱满的言语中,他才发现龙玉六的大脑里储存着一整部苗族传说历史。这让他欣喜若狂,感慨万分。于是,他欣然决定跟着龙玉六走进那栋在贫穷的村子里显得非常气派和显眼的大瓦房。那就是龙玉六的家。接下来的日子里,他就住在龙玉六家中,每天听龙玉六唱《古老话》。这一住,就是小半年。

龙玉六出生在一个医药世家,据说祖上从清代咸丰年间就开始行医,传到他这辈已经是第八代了。作为第八代传人,龙玉六继承祖上的衣钵,不仅精通苗医苗药,还会唱挽歌、讲古、狩猎、武术、雕刻等技艺。他还通晓苗族的哲学、历史。更不可思议的是,龙玉六能把冗长而繁复的苗族《古老话》完整地吟唱出来。

《古老话》是流传于苗族东部方言区的长篇叙事史诗,篇幅宏大,气势磅礴,内容涉及万物起源、人类繁衍、历史文化、伦理道德等多个方面,是苗族民间口传的一部百科全书。

半年下来，龙正学从龙玉六的身上学到很多苗族历史文化知识，尤其是在苗语发音、组合、结构、词汇、语法、句式等方面，为修订《苗语课本讲义》找到了新的注脚。同时，龙玉六吟唱的《古老话》和系列古歌，又进一步丰富和拓展了他之前在滚岩寨搜集整理的《苗族创世纪史话》的部分内容，使该书内容更加充实和完善。

这次考察结束后，紧接着他参加了在贵阳召开的"苗族语言文字问题科学讨论会"。会上，龙正学和与会的专家学者分享自己的研究成果，就苗语三大方言文字字母一致的原则展开讨论，为新苗文的创制明确方向，统一意见。在这次具有里程碑意义的会上，他和与会同人亲历了新苗文创制的艰难过程，见证了新苗文创制的精彩时刻。

为了让少数民族都有自己的文字，政府集中全国的语言文字专家，从1951年到1956年，先后进行了两次大规模的考察和调研。1956年，仅苗族语言调查工作队就有120人。作为其中的一员，龙正学流了太多的汗水，付出了太多的艰辛。他像一架不知疲倦的马车，始终颠簸在通往真相的道路上。20世纪50年代初期，作为学术带头人，他身先士卒，全力以赴，不辞辛劳，充分利用自己懂苗语的优势，深入第一线调查研究，以严谨的工作作风和科学的工作方法，多次对湘、黔、川边境的苗族东部方言区进行大规模的社会考察和语言调研，搜集整理了两百多万字的珍贵的苗族历史文献资料，为苗族文字的创制以及苗族地区经济社会的改革和发展奠定了坚实的基础。

因为扎实的田野作业和对《苗语课本讲义》的编写，他实至名归地成了中华人民共和国成立后东部方言苗文的创制人之一，从而跻身苗族著名学者和苗族语言文字专家的行列。他被推荐为中央民族学院少数民族语文系苗瑶语教研室组长。在中央民族学院工作期间，因为表现突出，他曾两次作为师生代表，受到毛泽东主席的亲切接见。那时，他三十多岁，风华正茂，走在校园里，既可敬又可亲。就是这样一位苗族学者，从此开始对苗族语言文字和历史文化进行探寻与研究。

在教师这个岗位上，他还带出了多名成绩斐然的学生，其中，成就较高的是罗安源。罗安源曾两次跟随他深入湖南湘西调研，获得了丰富的实践经验，为罗安源后来撰写《田野语音学》《现代湘西苗语语法》《松桃苗话描写语法学》等一系列论著积累了大量的资料。罗安源著作等身，学术成果丰硕，因此成为国内知名的苗族语言学专家。罗安源毕业后留校任教。后来，龙正学被迫离开学院，下放到贵州江口，师生二人从此分别。但在彼此的心里，都还有着牵挂，有着祝愿。在罗安源看来，与老师的分离只是空间上的，老师对他精神上的引领和学识上的指导却永远存在。

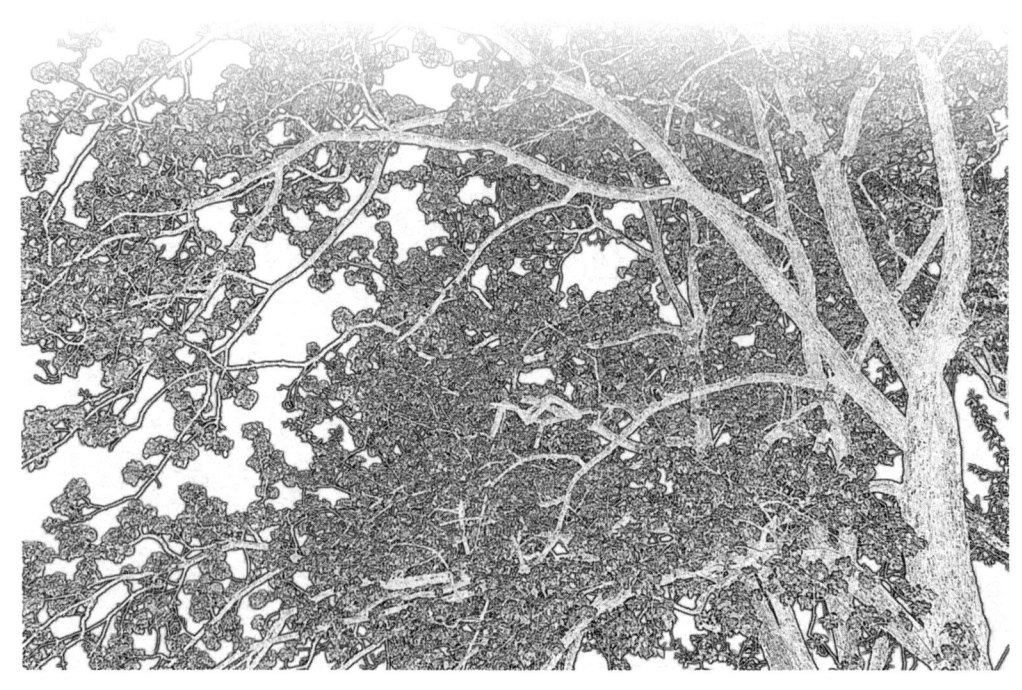

重返教坛

1982年6月，龙正学恢复工作和待遇。当时，他有两个选择，一是回到原来工作过的中央民族学院，二是调入西南民族学院。经过一番思虑，他选择去西南民族学院任教，理由是他年事已高，他妹妹就在西南民族学院工作，生活上能够互相照应。

就这样，他来到西南民族学院，成为政治历史系的一名教师。

这一天，他等了很久。

这一天虽然有些迟，但毕竟还是来了。

而这一年，他已经六十一岁了。

在经历了许多的坎坷和沧桑，经历了深切的期望和漫长的等待后，他终于等到云开雾散。回归大学校园指日可待，三尺讲台已近在咫尺，他的心里充满喜悦。

调令刚下，西南民族学院就打来电话催促他尽快到校，原因是美国苗族学者路易莎近日将造访西南民族学院，需要一个懂苗族文化的专家对接。按照学院的安排，他一到任就以苗族文化学者的身份代表学院接待了路易莎，就苗族各个方面的问题与路易莎进行广泛而深入的探讨与交流。他对苗族历史文化的精细把握与独到见解，得到路易莎的高度赞赏和充分肯定。这也算是他向新的工作单位交上了一份满意的答卷，成功地完成在西南民族学院的第一个工作任务。

虽然已经六十多岁了，但他仍以极大的热情投入教学和研究工作中去。

他主要为政治历史系的本科生上苗族历史课程，此外还继续研究苗族历史。1985年退休后，他仍然为研究生班上苗族原始宗教课，带日本研究生，教授苗族社会经济和历史文化。在此期间，他不顾年事已高，与郎维伟、杨正文等学者，重返他当年去过的湘、黔、川苗族聚居区进行田野调查，搜集了大量的第一手资料，为日后诸多论文的书写提供了可靠的依据。

据杨正文后来回忆，1984年的4月至5月，他陪同龙正学赴川南苗族地区调研。当时的交通极不方便，从成都到宜宾需要花上一整天的时间。从宜宾去往苗族分布较多的叙永、兴文、古蔺、珙县、筠连各县，又需要花上一整天或大半天的时间。从县里到各苗族村寨，又还有一定的距离，且大都是山路。他们一路跋山涉水，其中的艰辛可想而知。但龙正学坚持到各村寨，田间地头，在与村民的交谈中，在实地走访中，获取第一手资料。作为学生，杨正文一直认为当年龙正学严谨的治学精神，始终影响和激励着自己，以至于在很多场合，特别是在一些学术研究会议上，杨正文都会不自觉地谈起龙正学的为人治学，言语中无不流露出对他的敬仰之情。

这一时期，凭着深厚的知识积累和对苗族文化的诚挚热爱，他把间断了二十多年的苗族文化研究又重新续上，取得了大量的研究成果。在短短的几年时间内，在做好教学工作的同时，他相继撰写了《浅谈民族文字的重要性》《贵州松桃苗语的前缀词》《苗族的祭祀初探》《川南苗族概况》《简谈松桃苗语量词》等论文。他还应邀参与编写《四川省志·民族志》中与苗族历史文化相关的内容，应邀参与江口县羌族群众的民族识别认定，得到国家相关部门的肯定。他的学术研究成果显示了扎实的学术功力和优秀的学术修养，为苗族文化研究提供了范本，做出了贡献。

任岁月变迁，望波涛汹涌，听惊涛拍岸。从偏远的沃里坪苗寨走向高等学府，从下放劳动改造到教书培育新人，从不会说汉语的苗家娃成为语言学教授，他以坚忍的意志力攀登着人生进步的阶梯，书写了一段传奇的人生。

第三章　新苗文的筑基人

再访龙玉六

《苗族创世纪史话》这本凝聚了龙正学毕生心血的书，无疑是他留给苗族人民和苗族学界的一份十分珍贵的遗产。正是这本书的出版，奠定了他在苗学研究领域的重要地位。

《苗族创世纪史话》一书，是龙正学1954年和1956年两次带领中央民族学院学生深入湖南湘西花垣县苗族村寨，进行苗语东部方言及苗族社会历史调研时搜集整理的。1986年，趁应邀参加在花垣县举办的苗族"四月八"活动之机，他再一次走进猫儿乡，采访龙玉六，对《苗族创世纪史话》作了进一步的修正和补充，使文本的内容更加准确和完善。

这一年，他六十八岁，龙玉六八十一岁，两个人的身体都还硬朗。多年后重逢，彼此都还留存着当年的一些零星记忆。于是，一对故人，旧地重游，把酒言欢，感慨岁月过往，时世变迁。言谈中，他仍不忘对苗族历史的探寻和追问。龙玉六虽已高龄，但精神矍铄，声如洪钟，对《苗族创世纪史话》中描述的一些场景和情节都记忆犹新，令人敬佩。

在与龙玉六的交谈中，他才知道雅酉滚岩寨的田德大师已于十多年前去世，这让他有些伤感。此次花垣之行，原本打算顺道去看看田德大师，不料，故人已去，留下的是无尽的遗憾。

由此，在龙正学的脑海中便生发出一些想法：这些唱词如果不尽快地整理成文本，完全有可能在不久的将来被歌者带进坟墓，消失在人间，最后化成一抔泥土。这是一个文化人对文化消亡的担心和忧虑。果然，两年后，龙玉六无疾而终。生前，龙玉六没有把《古老话》的唱词和唱法传给弟子，是弟子不愿学，还是他没有教？个中原因现在已无法得知。但可以肯定的是，随着龙玉六的离去，会唱《古老话》的人更少了。

这就意味着，由龙玉六的歌唱衍生而来的《苗族创世纪史话》文本，注定是空前绝后的。这正是《苗族创世纪史话》的价值所在。

该书从搜集到出版，历时半个多世纪，其间，历经艰辛。尽管《苗族创世纪史话》得以出版的过程磨难重重，但它还是以苗汉文对照的方式，把苗族的集体记忆呈现出来了。

作为一个过去只有本民族语言而没有文字的民族来说，口头叙事诗是苗族历史建构和民族认同的主要依据。《苗族创世纪史话》和其他方言区的创世史诗一样，都是苗族先民口传文学的代表作。

《苗族创世纪史话》是苗族东部方言区较独特、较繁杂、较宏大的口传经典，是一部长篇史诗。它主要流传于湖南湘西花垣县的雅酉、猫儿、龙潭、吉卫、麻栗场、排碧、董马库等乡镇及其他各县的苗族地区。它产生于苗族的远古时代，历史悠久。它产生之后，随着时代的发展和变迁，又不断地得到充实，最后才形成现在这个版本。

《苗族创世纪史话》主要由《混沌乾坤》《平羽射日》《婚姻史话》三部分组成。它对研究我国古代民族关系、苗族原始信仰，特别是苗族的婚姻习俗、宗族姓氏形成、人口迁徙和分布情况，具有十分重要的史料价值。

从这个意义上来说，《苗族创世纪史话》算得上是一部苗族古代社会的小百科书。它涵盖了苗族古代的历史与文化，展示了一幅幅绚丽多姿的苗族古代社会的画卷。其间，有天地形成、万物起源和历法定位；有人类为了生存和发展，所进行的波澜壮阔的斗争；有为记事而刻画的符号和文字起源；有模仿动物跳跃扑打而形成的舞蹈；有苗族支系迁徙发展和开亲成婚的根源旧话；有祝贺新人婚姻美满的话语；有苗族兵器的发明历程；有苗族先民创造的哲学思想；有苗族先民重情义、敬祖先、关爱下一辈的人性美；有苗族与其他民族的友好交往；有苗族人民勤于开拓、锐意进取的精神风貌。这些丰富的内容对研究苗族古代的历史、政治、经济、宗教、哲学、文学、艺术、祭祀、医学、美学、法学、农学、天文、饮食、生产、生活、婚姻、民俗、军事、科技等，具有十分重要的价值。同时，这本书为我们追溯和研究古代文明，特别是研究苗族的生存哲学和社会实践提供了范本和路径。

情系故乡学子

我一直相信,在茫茫的人海中,与一个人相遇相识是一种缘分,更是一种注定。就像龙正学注定会成为我的精神导师,引领我沿着正确的人生道路前行。

1984年初秋,我拿着西南民族学院的录取通知书和我二叔给龙正学老师写的一封信,怀揣着一颗对未来充满激情和希望的心,兴高采烈地走进西南民族学院的校园。

在这份纯真的喜悦中,我带着二叔写的信拜访了龙正学老师。他的家离我们宿舍不远,也就三四分钟的路程。一栋二层楼的砖房,被高大的树包围着,看上去有些低矮,但却异常幽雅和清静。房子的面积不大,客厅甚至还有些逼仄。我第一次去他家的时候,一点也不觉得紧张。因为,一进入那个狭窄的空间,我立即就被一种诚挚的热情和浓厚的乡音包围,仿佛置身于曾经熟悉的场景,没有一点陌生感。我们自然地聊起乡里乡亲,家长里短。他和伯母已有好几年没有回家乡了,对家乡的思念与日俱增。家乡的发展变化牵动着他们的心。对于背井离乡的他们而言,家乡永远寄托着强烈的牵挂。整个过程,其乐融融,充满他乡遇故知的欢乐氛围。

许多在西南民族学院就读的松桃籍学生,总会在周末到他家坐一坐,或谈谈学习上的心得体会,或喝一杯淡淡的清茶,或吃一顿伯母做的饭。每个周末,已然成了他们接待家乡学子的固定日子。就这样年复一年,一波接着一波,有的人走了,有的人又来了,就像流水的兵,而他的家就是雷打不动的营盘，始终洋溢着乡情与关爱。

因为二叔和他的关系，使我的拜访比别人多了一个理由。我把二叔写的信拿给他。信很短，他很快就看完了。看完信后表露在他脸上的欣慰感和喜悦感我至今记忆犹新。

在与他的交谈中，我才知道，虽然他比二叔年长14岁，但他们是旧相识。这得从他们在贵州民族学院学习时说起。1955年至1957年，二叔作为少数民族干部培养对象，被派往贵州民族学院学习。时值全国苗族语言文字调查培训班在贵州民族学院开班，龙正学以苗语东部方言调研组组长的身份成为其中的学员。正是这个机会，让他们在贵州民族学院的校园里相知相识。因为是同乡，而且还志趣相投，思想接近，都有心为苗族文化的繁荣发展做一些事情，所以他们很快成了朋友。那时候，从苗族村寨走出来的人并不多，像他们这样有文化有理想的人更是少之又少，他们毫无疑问是那个时代苗族知识分子的中坚力量。

从贵州民族学院毕业后，二叔留在了贵阳工作。后来，龙正学写了一些有关民间文学方面的文章，这些文章陆续在《南风》《贵州文史丛刊》等刊物发表。《南风》是一本由贵州省文联主管的民间文学杂志，当时在全国都很有影响。作为杂志的副主编，二叔经常向他约稿，得到他的大力支持。两人惺惺相惜，书信来往一直不断，从而结下深厚的情谊。除了书信来往，他们还经常聚在一起。作为苗族文化研究的学者，他们经常会作为嘉宾被邀请参加一些苗族文化研讨会或苗族节日活动。1986年的苗族"四月八"活动在湖南花垣县盛大举行，主办方邀请了许多苗族知名人士，他们俩就在邀请之列。活动期间，他们和与会嘉宾一起，对苗族文化的保护和传承建言献策，体现了作为苗族文化学者的责任与担当。

正是二叔和他的这般深情厚谊，让我在西南民族学院读书的那些日子里成了他家的常客。不论是在生活上，还是在学习上，都得到他无微不至的关心和爱护。尤其令我感动的是，他在我成长道路上给予了大力的扶持和悉心的教诲。我们虽然没有严格意义上的师承关系，但他的某些思想一直在影响着我。

有一次，我们在校园的林荫道上偶遇。他拿着一份刚出版的《成都晚报》激动地告诉我，上面刊登了我的一篇文章。他称赞文章有景有情，写得不错，并向我表示祝贺。我那时初出茅庐，能够有文章见报，还是有点小欢喜。那是我在南郊公园喝茶赏花时写的一篇小文章，本来不值一提。他能仔细阅读我的这篇习作，并给予充分肯定，使我在感动的同时增强了信心。我知道，这是长辈对晚辈的嘉奖和鞭策。正是在他的鼓励和支持下，我才矢志不移地完成学业，并在追逐文学梦想的道路上走得越来越远。

在四年的学习时光里，我把宁静而美丽的校园当成了我求索路上的驿站。每当疲惫了，迷茫了，我都要到他家里去坐一坐，或者陪他到校园里走一走。他向我讲述了他一生的经历。他说，尽管在人生的旅途中遭遇了许多的磨难和挫折，但从沃里坪走出来，走向外面更辽阔的世界是正确的选择。特别是在学习、工作和生活中，他遇到了许多良师益友，像著名教育家黄质夫、著名语言学家马学良等。他们不仅帮助他提高知识水平，还在精神层面上影响着他。

他和我谈得最多的还是苗族文化的保护和发展，以及对苗族人民的关切与热爱。他说苗族的传统文化有丰富的内涵，一切日月星辰，山川风物都可以纳入作者的创作视野中。他认为若剥去迷信色彩的外衣，从祭祀的内容和意义上看，祭司是延续、继承、传播苗族古代文化史料的有功者。对苗族祭司的评价，既不能过度地拔高，也不能把他们的历史作用全盘否定，一笔抹杀。对他们的评价不应脱离他们所处的社会环境和忽视他们对后世的深远影响，应该辩证地考察他们，研究他们，才是恰当和公正的，也才符合历史唯物主义的观点。

这是我渴望已久的交谈。这样的交谈为我日后的写作道路指明了方向。于是，我开始把目光投向这片生我养我的土地，开始关注这片土地上的人和事，开始探寻曾经发生在这片土地上的某些历史细节。我试图把更多的苗族文化元素植入我的创作中去，使我的作品更独特，更丰满，更有韵味。我用写作的方式来表达对本民族的尊重与热爱。我想，一个古老民族的梦想在不远的将来必定会成为现实。

那个黄昏，我们坐在校园林荫道边的石凳上，看着最后一束太阳的余晖在西边被抽了回去。夜幕降临，不远处的点点灯火，让人感觉到一些温暖，一丝感动。

就这样，在一次又一次的交谈中，迎来了我的毕业季。这意味着我很快就要离开他们，离开我热爱着的西南民族学院。为了抚慰离愁，留住记忆，我于1988年初夏的一个阳光明媚的日子，邀请他们夫妇与我一起在学院的教学楼前合影，以资纪念。他们精神抖擞、满面笑容地站在我的身边，像亲人一样满怀喜悦。照完相，我们在校园里走了一圈，话很少，气氛有点沉闷，仿佛所有的话都在四年里说完了，剩下的就只有离别。

我至今还清楚地记得，那天我是在他们家吃的晚饭。吃完饭，他把那本珍藏了三十年的《沈祖棻诗词集》赠予我，并在书的扉页上写了一句话："从诗词中汲取力量"。题词时，我看见夕阳的余晖透过窗户照在他的手上，他的手看上去有些颤抖，但字却写得苍劲有力。

2007年的夏天，受时任中共松桃苗族自治县委书记龙长春的指派，我来到西南民族学院协助他翻译整理《苗族创世纪史话》一书，获得了一次故地重游的机会。许多年过去了，他苍老了许多，但仍然耳聪目明。为了让《苗族创世纪史话》一书早日面世，那段时间，他顾不上休息，以顽强的毅力和超人的意志，争分夺秒，夜以继日地工作着，仅用三个多月的时间就完成了文本的翻译整理。遗憾的是，这部凝聚着他的智慧和心血的作品，在穿越了半个多世纪，终于尘埃落定的时候，他的生命也走到尽头。

这一年，他刚好九十岁。

九十载筚路蓝缕，风雨兼程，他无论经受多少磨难，初心始终未改，一直怀着深厚的民族感情，为苗族的教育事业和苗族文化的繁荣发展，鞠躬尽瘁，死而后已。这就是他作为一个苗族优秀知识分子毕生所追求的理想信念。

他就这样安静地走了。他不是走向死亡，而是走向永生。他的灵魂穿过苗族遥远而辽阔的历史河流，最终回归到炊烟袅袅的故乡。

第四章 苗族历史文化的探寻者

进步的阶梯

1929年12月，龙伯亚出生的时候，龙正学正在沃里坪路边的一棵梨树下背诵唐代诗人李白的《行路难》。那一年，一个新生儿的呱呱啼哭声和少年的琅琅读书声交织在一起，在沃里坪的上空形成了一道彩虹，把沃里坪装扮得分外妖娆，吸引了所有人的目光。这是不是一个预兆？在龙伯亚人生成长的道路上，会不会效仿龙正学？或者说，他们两人联手，会不会在未来的日子里创造出属于沃里坪人的精彩与传奇？

所有的人都拭目以待。

而答案就隐藏在时间的深处和日常生活的点滴里。

然而，不管怎样，对于龙绍华来说，在生命的第三十七个年头再添一子，无疑是一件欢天喜地的事情。所以，他给刚出生的儿子取名"伯亚"，希望儿子谦和、雅量、多受福泽、自成大业、吉祥有德、振兴门庭。为了更好地照顾家庭，他毅然决然地放弃了在贵阳地方行政干部班和地方方言讲习所的任教工作，回到沃里坪协助父亲料理家庭事务，尤其是参与沃里坪小学的教学和管理。作为师范学校毕业的学生，又有过当教师的经历，他的回归，无论是对父亲，还是对沃里坪小学，都是如虎添翼。后来，沃里坪小学能闻名遐迩，成为省立小学，刷新松桃苗族教育的诸多纪录，龙绍华自然功不可没。

和许多出身于书香门第的学子一样，龙伯亚的出生注定要肩负着父辈望子成龙的希冀，同时也注定了他会享受到优渥的物质供养和良好的启蒙教育。天生好学的他在还没有到上学的年龄,就经常跟着父亲到学校去玩。耳濡目染,日积月累,竟然也在教室外学会了许多东西,比同龄人多长了一些见识。再加上心灵聪慧,勤勉好学,他在后来启蒙教育阶段的学习,就显得格外轻松。在学好《尔雅》《论语》等传统经典之外,他还熟读《史记》《资治通鉴》等史书。这些书在当时的沃里坪是罕见的。这些课外读物是父亲从省城贵阳带回来的,是父亲特意为他开的"小灶"。他没有拒绝,也没有谦让,而是照单全收,如饥似渴地吸取着书中的营养,修炼着自己的"内功"。经过父亲的讲解和自己的领悟,小小年纪的他就能从《资治通鉴》中领悟到"鉴于往事,有资于治道"的含义。其中的故事妙趣横生,极富感染力,在他的脑海中留下了深刻的印象。由此,他对历史的源流充满向往和好奇。这也为他日后从事民族史学研究打下了基础。作为中国史学研究的双璧,司马迁的《史记》和司马光的《资治通鉴》是他一生的最爱,就像前行中的灯塔,永远指引着他向目标迈进。在《史记》和《资治通鉴》的指引下,他一直坚信自己的未来就隐藏在那些暗流涌动的历史中。

　　没有让父亲操心,更没有让父亲失望,龙伯亚就这样在海量的阅读中,完成了在沃里坪小学的启蒙教育。

　　在沃里坪小学读书的几年时间里,他见证了沃里坪小学由民办向公办的转变。这所发端于私塾的学校,在爷爷和父亲的苦心经营下,由弱到强,由默默无闻到闻名遐迩,不断地成长壮大,直到最后进入国家教育体制序列。这好比大山深处的一条名不见经传的小河,在历经了千回百转之后,流向江河,最后汇入大海。而他就像一只小船,在江河上奋力地划行着,抱着"百尺竿头,更进一步"的信念,从沃里坪出发,沿着家族预设的方向,从而抵达知识的彼岸。

　　作为沃里坪民族教育实验小学的首任校长,父亲为他开启了一扇知识之窗。从这里凭窗而望,就可以看见知识的天空风起云涌,星汉灿烂,浩瀚无垠。那是一个妙不可言的世界，他对此心驰神往。这是父亲最渴望看到的状态。对于他的优异表现，父亲感到十分欣慰，因此，在他完成沃里坪小学的学业后，父亲就迫不及待地把他送到县城继续初中的学习。

在那个年代，要想出门求学，光有聪慧的大脑和刻苦的精神是不够的，还必须要有一定的财力支持。他拥有这些与生俱来的条件。然而，物质的极大丰富往往会给人提供多种生活选项：是在物质享受中沦丧，还是在思想探索中沉浸？就像一枚硬币的两面，都充满了诱惑。值得赞誉的是，两者之间，龙伯亚果断选择了后者。他背起书包上学堂，在知识的海洋里畅游。从这个意义上讲，他亦是幸运的。当然，他之所以会选择这样的生活，完全是因为父辈的引领和家风的熏陶。

和兄长龙正学一样，在沃里坪完成了小学学业之后，离开故乡和亲人求学就成了他不二的选择。他们都相信知识能改变命运，知识是一把钥匙，能打开世界上所有的门窗。正是凭借这样一种信念，他们兄弟俩先后告别故乡，告别亲人，告别少年的天真烂漫，告别衣食无忧的生活，踏上求学的路。这看上去有几分悲壮，但他们的内心却是欢喜的，因为心怀憧憬。

不同的是，龙正学的求学之路有诗为伴，唐代诗人李白的一首《行路难》曾让他生发出无限感慨，并融入骨血，在他的体内淙淙流淌，以至于在极度艰苦的环境中，也能使他生出浪漫主义的情怀。龙正学当年就是背诵着这首诗离别故乡和亲人的，他相信未来一定充满诗意。而龙伯亚离开家乡的时候，箱子里只装了两本泛黄的书，一本是《史记》，一本是《资治通鉴》。他觉得，历史和未来一样，都隐藏着许多未解之谜，而这些未解之谜正是诱发他兴趣爱好的主要原因。由此，似乎可以看出两个人的一些性格特征：一个喜欢诗歌的浪漫，一个偏爱历史的厚重。但是，这并不妨碍他们对理想信念的追求。两兄弟像一条藤蔓上生长的瓜，血脉相连，情感相通，他们正展开双翅，在各自的跑道上，振翅高飞。

到县城初级中学读书后，龙伯亚的思想成熟了许多，对知识的渴望陡然增强，眼界也日益开阔，对未来充满希望。对这一段难忘的初中经历，在几十年之后，他仍然坚持认为是松桃河给他带来的灵感，是奔涌的松桃河荡涤了他的心灵。那时候，他刚刚进入县城，对校园内外的新鲜事物都充满了好奇，总想和它们有一个"亲密接触"。但他最喜欢的还是一个人坐在松桃河边，沐浴在落日的余晖里，看河水静静地流淌，流向那个遥远的未知的世界。那个世界以一种神秘的力量曾无数次地撩拨着他的心扉，让他产生无限的联想。

他从小看惯了重重大山，第一次感受到河流的魅力，他因此爱上了这座有着大小河流的小城和位于河流边的美丽校园。那时候，河流是干净清澈的，时有波光潋滟，鱼翔浅底，飘浮的水草散发出怡人的清香。这是一个读书的最佳环境。他喜欢坐在河边光滑的鹅卵石上，赤脚浸泡在河里，一边让潺潺的流水拍打脚踝，一边捧着书本津津有味地看着，让肉身和灵魂同时得到慰藉和抚摸。在他看来，这是一件多么愉快的事情，以至于在他老年的时候回忆起这个场景，仍然感慨万千。他叹惜光阴荏苒，好景难再。

他还清楚地记得，某一天，刚刚考上贵州大学的兄长龙正学从贵阳给他寄来一封书信。这封书信穿越抗日的硝烟传递到他的手里，让他十分激动。自从外出求学，又逢抗日战乱，龙正学一去不归，两兄弟已有几年没有见面了，思念之情溢于言表。因此，收到兄长的来信后，他就捧着书信来到河边，在熟悉的地方坐下来，慢慢地打开书信阅读。整个过程就像是在品一杯浓浓的咖啡，舒缓而专注，生怕错过某个细节。

书信的字里行间，除了表达对家乡和亲人的思念，更多的是抒发一种为理想信念而努力读书的宏愿与激情。少年龙伯亚似乎读懂了信中的意思，他面对河流，在心中默默发誓，一定要像兄长那样，奋发学习，考上大学，长大后力争做一个对国家和社会有用的人才。只是，信中抄录的一首词却让他困惑了半天，百思不得其解。无奈，他只好找老师答疑解惑。

他拿着信走进办公室，找到学贯中西的傅越寰先生。傅先生不仅语文教得好，还写得一手好诗词，是大家公认的才子。傅先生担任校长期间，不但给学校带来许多新的教育理念，而且为上一级学校输送了大批优秀的学生，同时也为地方培养了许多杰出的人才。龙伯亚有幸师从傅先生，深感其知识渊博。他相信在傅先生的教导下，一定会学到很多宝贵的知识。所以，看到兄长来信中提及的这首难以理解的词，龙伯亚就第一时间请教傅先生。让龙伯亚感到不可思议的是，傅先生看罢这首词后，随即拍案叫绝，连连发出赞美之声。

原来，这首词是兄长龙正学抄录沈祖棻先生写的《蝶恋花》："剩粉零香漂泊久。盼到相逢，病枕人消瘦。昨日星辰今日酒，尊前渐觉情非旧。不管秋风迟与骤。团扇恩深，长恋君怀袖。百草千花情谢后，香莲自覆连枝藕。"在傅先生看来，这首词算得上是一篇颇具感染力而又富有文采的抒情美词，它在思、理、情、事、文等诸多方面体现了极高的水平和功力，绝无板滞、枯燥、乏味之虞。从中不难看出作者对历史的感怀，对河山的情愫，对友情的执着。那纯情的感念，那对是非曲直毫不含糊的评判，那对生命底蕴的探索，那可贵的"平民意识"，都根植于她丰厚的文化底蕴和道德良知。这种文化底蕴和道德良知，不因时光的流逝而褪色，也不因空间的转移而减损其价值。

经过傅先生的一番讲解，龙伯亚才深刻地意识到，兄长龙正学之所以要在信中抄录沈祖棻先生的这首《蝶恋花》，目的就是希望他像沈祖棻先生那样，在困难面前不低头，在危急时刻不认输，敢于直面惨淡的人生，敢于朝着理想目标攀登。这是长兄对弟弟的祝愿与期盼，更是兄弟之间的互动和共勉。所以，在后来的日子里，龙伯亚一直把这封信的内容珍藏在心里，作为一种精神鼓励，从而激发出自己的读书热情。经过三年的刻苦学习，他在完成各门功课的基础上，再一次通读《史记》和《资治通鉴》，对其中的精神要义似乎又有了一些新的感悟和理解。这是很多同龄人都无法企及的，而他却幸运地拥有了这种认识。这为他后来成为史学学者，打下了牢固的基础。

其实，对于他来说，初中三年是极不平凡的。在这三年的时间里，家里发生了许多变故。因为匪患猖獗和政局动荡，使原本殷实富裕的家庭时常处于战火之中，不得安宁。面对匪患危难，父亲不得不把全部的精力用于与土匪周旋。为了保家护寨，捍卫家族的荣耀，父亲殚精竭虑。尽管在如此艰难的情况下，父亲还是没有忘记对他的培育，没有中断孩子的学业。

就这样，在父亲的周全庇护下，在先生的答疑解惑中，在与兄长的书信往来间，在对书籍的深度阅读里，三年的初中时光很快就结束了。他没有辜负亲人和先生的期望，没有忘记最初的承诺，两耳不闻窗外事，一心只读圣贤书，以优异的成绩完成了在松桃县立初级中学的学业。同时，他也从一个青涩少年成长为一个充满理想与活力的知识青年。

但这并不是结束，而是新的开始。对于一个有着浓郁书香氛围的家庭来说，一切仿佛都源于一个信念。而这个信念正是激励他们在读书的道路上越走越远的精神力量。就像祖父龙献庭、父亲龙绍华、兄长龙正学和其他的家族成员，他们对读书的热爱和对知识的追求似乎都来自天性和本能，来自良好的家风和家规。正是这种家风的代代传承，才使他们找到各自成长的路径，从而成就各自的事业。所以，在求学的道路上，龙伯亚根本没有办法停下来，他也从来没有想过要停下来。他就像一辆刚刚上路的马车，被理想牵引着，不断地向前奔驰。因为，在他的面前树立着太多的榜样，无论是功成名就的父亲龙绍华，还是大学在读的兄长龙正学，都是他追赶的目标，也是他再次出发的动力。

镞砺括羽

1946年，随着匪患的平息和家庭情况的好转，龙伯亚又怀揣着梦想向更高一级的知识阶梯攀登，最终以优异的成绩考入贵阳南明高级中学。不久，因为成绩突出，他又破格转入贵阳市师范学校就读，成为沃里坪龙氏家族中又一名师范生。

贵阳市师范学校是贵州省建校历史最长的师范学校，地处贵阳市中心，由著名教育家李端棻先生创建，名为"贵阳公立师范学堂"，后更名为"贵阳市师范学校"。

贵阳市师范学校开办以来，一直以培养适应基础教育需要的合格小学教师为目标，努力培养学生的创新能力和特长，促进学生健康人格的形成。学校以"诚、敬、勤、俭"为校训，以"树德、爱教、立志、创新"为校风。百余年来，该校培育了数以万计的师范生，被誉为"贵州小学教师的摇篮"。

当时的贵阳市师范学校之所以闻名遐迩，让学生心生向往，完全是因为先进的办学理念和教育主张。作为理念和主张的首倡者，李端棻的名字和他的思想足以让这所学校熠熠生辉，光耀后世。

这样一所有着深厚文化底蕴的学校的确令人心驰神往。作为一名从偏远苗寨走出来的乡村少年，能够考入该校，更是难上加难。这同时也意味着，龙伯亚在超越别人的时候，也超越了自己。这无疑是人生的高光时刻。

龙伯亚在贵阳市师范学校就读期间，正值解放战争在全国各地打响，学校也不同程度地受到影响。教师和学生纷纷走出校园，聚集街头，游行示威，严正声讨国民党反动派置国家和人民于不顾的罪恶行径。有时候，龙伯亚也会被激愤的人群感染，加入声讨的行列，挥舞着三角小旗，呼喊着口号，表现出他热血青年的一面。但更多的时候，他还是选择静坐在教室或图书馆里，看书写字或凝望着窗外的天空遐想。其形其景，充溢着学生的青春气息。他认为读书才是学生的本职，只有把书读好了，学得一技之长，毕业后才能为国家和人民多做贡献。

通过三年的系统学习，他从老师那里学会了做人，学会了思考，学会了学习的方法。通过海量的阅读，他从浩瀚的书本里收获了知识，打开了眼界，拓宽了胸襟。总之，三年时间，他不负韶华，把点点滴滴的空暇都用在学习上，圆满地完成学习任务，以优异的成绩通过学校的考试，获得毕业证书，为他顺利地走向社会增加了底气。

幸运的是，1949年10月1日，中华人民共和国成立，那年他正好毕业。不久，贵阳解放，大街小巷都悬挂着欢迎解放军进城的标语，庆祝胜利。人们奔走相告，喜形于色，到处都回响着欢声笑语。

此时，龙伯亚正站在学校的大门外，一手捧着毕业证书，一手高举着欢呼胜利的三角旗，两者互相辉映，相得益彰。这似乎是一种隐喻，象征国家和个人都获得了新生。同时也意味着，他有幸见证了中华人民共和国的诞生，并将在未来的日子里伴随着国家的发展而进步。由此生发的喜悦之情溢于言表，他禁不住潸然泪下。

这一年，他刚好二十岁，正值青春年华。面对未来的人生走向，他有多种选择：一是继续上大学，二是在贵阳找份自己喜欢的工作，三是回到家乡当一名小学教师。对他来说，要实现以上三个目标都不是问题。凭他的成绩，考大学并不困难。但他最后并没有选择上大学，而是留在了贵阳当一名小学教师，这也与他的兴趣和所学的专业相符，还算令人满意。

他之所以没有像兄长龙正学那样选择去大学深造，或许是因为所处的时局发生了变化。首先，就大的形势而言，中华人民共和国刚刚成立，曾经处于水深火热中的人民获得解放，举国上下，到处都是百废待兴的景象。国家的建设急需大批的人才，尤其是从旧教育向社会主义教育的转型，更是迫在眉睫，需要有专业知识的人才来支撑。在这样的历史背景下，作为受过三年师范教育的人才，他理所当然地成为社会主义教育战线上的一员。这或许就是他师范毕业后选择当一名教师的主要原因。

其次，家道中落，前途未卜，再继续深造已不现实。在这样的情况下，他必须尽早地开始工作，有所作为，替父亲分担家庭的经济重担。这应该也是原因之一。

在决定不再继续考大学之后，他安心下来等待分配。就在这幸福满满的时刻，他一个人无所事事地徘徊在贵阳的街头，内心突然感到了一阵孤单，像一只迷途的羔羊，没有了归宿和方向。原来，他是想家了。蓦然回首，时间如白驹过隙，他离开家乡竟然已有三年。他想，趁毕业待分配的这段空档，他该回去看看家乡，看看爹娘了。

回沃里坪的前一天，他去了贵州大学一趟，看望在那里工作的兄长龙正学。这时候的龙正学刚好大学毕业，留校任助教。经过了太多的风风雨雨，总算是熬出了头，同时也为家族争得了一份荣耀。对于这位兄长，龙伯亚一直是怀有敬佩之心。不管遇到什么困难，他都会第一时间想到兄长，希望得到兄长的指导和帮助。读书期间，两人书信往来频繁。他们在信中畅谈人生和理想，倾诉心中的失落与苦闷，以及对未来生活的憧憬。但谈得最多的还是如何提升自己的知识水平和思想境界。在他们看来，只有不断锤炼自己，将来才有可能成为社会的栋梁。这是他们的共识，也是他们努力追求的目标。多年以来，他们一直互相鼓励，取长补短，共同进步。这些优秀的品质不只来自学校的教育，但更重要的还是来自优良家风的影响和传承。

那天下午,他们在贵州大学旁边的一家餐馆喝了点小酒,显得有几分兴奋。吃完饭后,他们来到了花溪河畔,在柳树下畅谈各自的心思。在灯火闪烁中,他们像是两位年轻的思想者,把一条河流的命运和自己的命运作比较研究,试图发现其中的关联。最后,他们得出一个结论:每条河流都有自己的方向,每个人的生命都有不一样的风采。就像兄弟俩当时的生存状态,一个上了大学,毕业后当了大学教师;一个只读完了师范,正准备成为一名小学教员。因此,在谈到是否上大学时,龙伯亚的语气中多少带有一些遗憾。他感叹自己命运不济,家道中落。但作为兄长,龙正学却不这么认为。在他看来,上大学并不是唯一的出路,能够有机会尽早地参加工作,为国家效力,为家庭分忧,这也是不错的选择。尤其值得一提的是,站在新旧两个时代的交会点上,展望欣欣向荣的美好生活,这应该是一件十分幸运的事情。中华人民共和国刚刚成立,不仅需要小学教师,还需要更多的各类高级人才,未来的发展空间一定会很大。只要不消沉,不放弃,坚持一边工作,一边学习,今后肯定会有深造的机会。听了兄长的一席话,龙伯亚顿觉豁然开朗,心情也舒畅了许多。于是,他决心听从时代的召唤,跟上时代的步伐,用饱满的热情去拥抱新时代和新生活。最后,为了鼓励他,龙正学朗诵了沈祖棻的一首词,作为这次交谈的结语:

衣上征尘,镜中残黛。千花百草慵回睐。带罗自暖旧时香,同心结在终难解。

别梦成云,春愁如海。游丝苦恨重帘碍。年年芳草遍天涯,香车只在斜阳外。

——《踏莎行》

第四章 苗族历史文化的探寻者

云程发轫

一首《踏莎行》，伴随着龙伯亚踏上了回乡的路。

从贵阳市师范学校毕业不久，龙伯亚回到了阔别三年的沃里坪。他在寨子中行走，看到了许多人，听说了许多事，内心忽然就生出一种陌生感。其实，人还是那些人，事还是那些事，短短的三年时间，并没有使沃里坪改变什么，一切依然如旧。但是，他的陌生感却是真实存在的。这样的陌生感从何而来？也许是年纪长了，眼界开了，从而对家乡的回望就会有一个新的视角。在这个新视角的引领下，就会催生出新的认识和新的情感。这是许多回乡的人都会怀有的情绪。龙伯亚也不例外。只是这次回家，他明显地感觉到父亲比三年前老了许多。这一年，父亲已经从盘石镇镇长的位置上退了下来，告老还乡，回到沃里坪的家中休养。看着父亲有些佝偻的背影和疲惫的神情，回想起父亲曾经为苗族教育事业奔走呼号的执着与坚守，不禁感叹时光流逝。至此，他似乎明白了父亲的心思。原来，父亲所有的安排都是基于对时势的考量和洞察，对境遇的分析和判断。这也是父亲为什么要他暂时放弃上大学的原因。

在沃里坪陪父母度过了一个短暂的夏天之后，他接到了工作安排的通知，被分配到贵阳市甲秀小学任教。接到通知后，他就立即返回贵阳，准备工作前的一些相关事宜。教书是他喜欢的工作，也是家族的光荣传统。能够手执教鞭，这对他来说无疑是最好的安排。所以，在知道自己将要成为一名教师的时候，他心里充满了激动和期待。怀着这份激动和期待的心情他早早地来到甲秀小学，成为第一个报到的人。

其实，对于甲秀小学，他并不陌生。毕业前的两个月，他就在甲秀小学实习。实习的时间虽短，但甲秀小学厚重的人文历史和优美的自然环境，让他产生了深刻的印象和强烈的好感。

甲秀小学创办于1940年，坐落在风光旖旎的南明河畔，因毗邻甲秀楼而得名。从古到今，该楼历经风吹雨打而矗立不倒，是贵阳历史的见证，是贵阳文化发展史的重要标志。甲秀小学位于一旁，自然会受到其文化氛围的熏陶。

他陶醉于这种文化氛围中不能自拔。所以，在课余时间，他最常去的地方就是甲秀楼。明清以来，甲秀楼便是文人骚客聚集之处，高人雅士题咏甚多，有一些石刻、木器、书画作品收藏其中。在那里，他可以独自一人坐上半天，在诗词和楹联之间，在书画和玉石之间，领略着甲秀楼穿越时光的魅力，饱享丰盛的文化大餐。在反复的阅读和默记中，他竟然能把甲秀楼的那副由刘玉山所撰的长联一字不漏地背下来：

> 五百年稳占鳌矶，独撑天宇。让我一层更上，眼界拓开。看东枕衡湘，西襟滇诏，南屏粤峤，北带巴夔，迢递关河。喜雄跨两游，支持岩疆半壁。应识马乃碉碾，乌蒙箐扫，艰难缔造，装点成锦绣湖山。漫云筑国偏荒，莫与神州争胜概。

> 数千仞高居牛渚，永镇边隅。问谁双柱重镌，颓波挽住。想秦通棘道，汉置牂牁，唐靖矩州，宋封罗甸，凄迷风雨。叹名流几辈，留得旧迹千秋。对此象岭霞生，螺峰云拥，缓步登临，领略些画阁烟景。恍觉蓬瀛咫尺，拟邀仙侣话游踪。

1994年夏天，在贵阳召开的一次苗学研讨会的晚宴上，酒过三巡之后，他还即兴背诵了这副长联。其博闻强识之能力，震惊四座，成为与会人员传诵的佳话。他知识渊博、风趣幽默，赢得了与会人员的钦佩。当时，我和他隔桌而坐。在此之前，我也只是知其名，而未曾与他谋面。我只粗浅地知道他是一位有影响力的苗族知识分子，是苗学研究的专家。但是，我通过这次会议与他接触后，才知道他是一位饱读诗书的学者，一位和蔼可亲的长辈。他的言谈举止给我留下了深刻的印象。

这次见面之后，我们开始进行频繁的交往。当然，这种交往更多的是我对他的请教。在苗学研究方面，每每遇到什么不能解答的问题，我都要给他写一封信，或直接跑到他工作的单位，当面向他请教。而他总是不厌其烦地给我答疑解惑，指点迷津，循循善诱，言辞间流露着长辈对晚辈的怜爱与关照。

这自然是后来的事情。还是让我们回到那个更久远的年代，回到他刚刚工作的地方，回到甲秀小学。

到甲秀小学报到之后，意味着他开始从学生到教师的身份转变。对他来说，这个转变的过程是愉快而美好的，因为其间有精神与物质的双重收获。在这里，他不仅可以教书育人，还能站在甲秀楼上抚今追昔。波光粼粼的南明河缓缓流淌，承载着一座城市的光荣与梦想。而能够成为这座城市中的一员，他感到无比欣慰和自豪。

可是，这样的恬淡生活才过了一年多，他就离开了甲秀小学，随即调至贵阳革命大学任教。不久，他又离开三尺讲台，成为贵州省委的一名工作人员。这期间，由于个人发展的需要，他频繁地变换着工作。从甲秀小学教师到革命大学教员，再到被保送至中国人民大学教师研究生班学习，整个过程，只用了三年时间。

这是他没有想到的。

好在他年富力强，精力充沛，睿智过人，适应能力很强，可以在不同的角色间自由切换，并且能胜任繁忙的工作，因此，他得到了组织和领导的高度信任与赏识。他被推荐到中国人民大学教师研究生班学习，成为中国人民大学的一名学生。这是他人生旅途中的一段宝贵经历,是组织对他工作能力的肯定和褒奖,也是意外收获。他怎么也不会想到,在这么短的时间里,就实现了自己的大学梦,这怎能不让他欣喜若狂!这一次北京求学,算是命运的眷顾。

幸福似乎降临得太快了,以至于在他还没有做好充分准备的时候,阳光和鲜花就洒满了他前行的路。在接到去中国人民大学深造的通知后,他又一次怀着无比激动的心情来到甲秀楼,徘徊在甲秀楼的诗词和书画之间,触摸历史的温度。

站在甲秀楼上,感受着南明河舒缓的水流声,就像是在听一首钢琴曲的独奏,令他产生无限的遐想。他不知道,在未来的日子里,还会发生怎样的奇迹。

逐梦北京

龙伯亚带着满心的欢喜，走进中国人民大学开始教师研究生班的学习。

在那几年，正值教育改革的时期。中国人民大学为适应新时期的需要，对办学任务和学科专业进行调整，开辟了一条培养新型工农知识分子的道路。短短的几年时间，中国人民大学已经发展成为一所综合性大学。

他正好赶上中国人民大学的高速发展和转型期，新的教育思想和观念从各个方向涌入校园，给老师和学生提供了各种观察世界的新视角和进入知识海洋的通道。

龙伯亚被选送到中国人民大学教师研究生班学习，为后来的史学研究夯实了基础，明确了目标，提供了方法和路径。从这个意义上讲，他是幸运的，他赶上了一个好时代。正是这个好时代把他推向了国家教育的前沿阵地，使他得以在更好的环境里和更高的平台上尽情地展现自己的才华。

一踏入校园，他就遭遇了来自苏联的老师的俄语教学难关。在课堂上，他很难跟上老师的授课节奏。听着老师用俄语授课的声音，他仿佛置身于异国他乡，顿时陷入一片困惑与迷茫。在短暂的不适应之后，他很快调整状态，把俄语纳入每天的学习计划。通过听苏联老师上课和校园俄语角的训练，他在短短的半年时间，就掌握了俄文书写和俄语表达。这为他听懂苏联老师的授课清除了语言和文字上的障碍，同时还打通了知识传输的路径和通道。这样，他就能很好地吸收并消化苏联老师教授的知识。他通过刻苦努力，做到了这一点，从而成为一名品学兼优的大学生，成为同学们心中的楷模。

他在教师研究生班学的是中共党史专业。这门学科对他来说充满了陌生感和挑战意味。当时，中华人民共和国刚刚成立，中国共产党执政不久，这门学科还没有更多的理论支持，也没有可借鉴的经验，完全是摸着石头过河。这对于教师和学生来说，都是一种考验，也是一种光荣的使命。

在几年的大学时光里，在课堂，在操场，在校园的林荫道，在汉语、苗语和俄语的频繁切换间，他专心听课，埋头苦读，不断地实现自我超越，最终以优异的成绩完成教师研究生班的学习。值得一提的是，按照国家教育培养计划，当时他们这些研究生毕业后，仅少部分可留校任教，其余学生则分配到国内其他高校，让他们在学校的学科建设中发挥积极的作用。

从中国人民大学教师研究生班毕业后，他被分配到中央民族学院任教。虽然没能留校，但这已经超乎预期了。他原本以为毕业后就要回到原工作单位。所以，尽管学习成绩名列前茅，他也早已做好了回贵州的准备。他始终认为，一个少数民族教师就应该为少数民族人才的培养尽心尽力，这是义不容辞的责任。

对他来说，能够留在首都北京，于中央民族学院政治系任教，这算得上是一个极好的结果，同时也算得上是一个良好的开端。因为从这里出发，他才真正开始了四十多年的苗学研究事业。

在他被分配到中央民族学院任教的那一刻，又一个关于沃里坪的传奇，注定会被书写。令人喜悦的是，就在他被分配到中央民族学院的前两年，他的兄长龙正学也从贵州大学调入中央民族学院历史系当讲师。两兄弟一前一后从偏远的沃里坪苗寨出发，为传承书香家风，博取功名，在漫漫求学路上，跋山涉水，砥砺前进，一路高歌猛进，过关斩将，最终由量变到质变，落脚首都北京，成为同一所知名高等学府的教师。命运这样安排，是巧合还是注定，我们不得而知。但可以肯定的是，这样的命运走向，在沃里坪乃至在整个松桃的历史上，都是十分少见的。

遗憾的是，好景不长，兄长龙正学便带着遗憾和不舍离开了中央民族学院，到生产队进行劳动改造。刚相聚，又分离，两兄弟由喜而哀，在校园里共奏悲歌一曲。

送别兄长，他的心里顿觉空荡荡的，仿佛生活失去了色彩。在排遣了一下心中的愁闷之后，糟糕的心情好转了一些。之后，他又把主要精力投入教学中。

在上课之余，他还选修了民族史专业。在进入中央民族学院之后，他获悉民族史属文化人类学范畴，曾被视为资本主义学科而几乎取消殆尽，全国仅有中央民族学院和云南大学予以保留，属冷门学科，选修者极少。他想到自己是苗族，基于民族感情、国家发展的需要，他开始学习民族史。

没有课的时候，如果遇上吴文藻、费孝通和潘光旦等著名学者的讲座，他是一定要去聆听的。他深知，这是获得理论和知识的重要途径。这三位学贯中西的学者知识渊博，思想深邃，对民族学和人类学有着系统的研究和独到的见解。他们的某些观点好像山涧中的甘泉，荡涤着他心中最柔软的部分；也像一阵清风，吹散他由来已久的迷茫与疑窦，打开他的心结，让他看清前路，从而他更加坚定了从事苗学研究的信念。

他在中国人民大学学习的是中共党史专业，分到中央民族学院也是在政治系教中共党史，对苗学研究领域涉足不深，可以说是门外汉。他之所以会放弃党史研究，萌生研究苗学的念头，主要是基于几点考虑：一是当时中国各大高校和相关的机构研究党史的人才众多，可谓是高手云集，竞争很大。二是他对苗族有强烈的民族感情，同时也有地域、身份和语言的优势。最关键的是，当时的苗学研究正处于新旧交替时期，从事苗学研究的人寥若晨星，屈指可数。就全国而言，称得上是苗学研究专家的也就是梁聚五、石启贵、杨汉先三人。在民国时期，这三位苗族学者对苗族的历史文化都做过深入的调查和研究，取得了一系列重要的成果，为后来的苗学研究打下了基础，积累了经验，他们无疑是中国苗学研究的先锋。但是，时代的局限性在一定程度上制约了苗学的系统性研究，使得他们的研究也存在着这样或那样的问题。

中华人民共和国成立后，新时代呼唤新人才。发轫于民国时期的苗学研究在新时代急需新人的加入和新观念的指导。他顺应时代召唤，也遵从自己的内心想法，开始加入苗学研究的行列。加入这个行列后，他就像踏上一条遍布荆棘的学术道路，义无反顾地向着学术的目标，冲锋不息，奋斗不止，直至生命的最后一刻。

在中央民族学院工作和学习期间，费孝通、吴文藻、潘光旦等知名学者对他的影响很大。他们知识渊博，治学严谨。通过听他们的讲座和阅读他们的著作，他从中学到了做学问的经验和方法，学到了做人和作文的精神要义。这让他受益匪浅。

1958年，根据组织安排，他离开中央民族学院，成为中国科学院湖南社会历史调查组的一名成员，赴湖南湘西等地调查苗族社会历史情况。这一次的调查路线和调研内容，正好与两年前兄长龙正学带领中央民族学院学生赴湘西考察时的不谋而合。重走兄长曾经走过的路，他触景生情，不免心怀感慨，对兄长的思念倍加深切。

出发的前一天，他求得组织的批准，去北京郊区某生产队看望兄长。他去看望兄长是希望得到兄长的指点，特别是此次湘西之行需要做好什么准备工作，他想听一听兄长的意见和建议。一年的农村生活，每天粗茶淡饭，还要干高强度的农活，龙正学的境遇可想而知，令人叹惋。但这并没有压垮他的身体，磨灭他的意志，他仍怀抱着理想，憧憬着未来，相信总会有一天，云开雾散，能回到他熟悉并热爱着的校园。龙伯亚的造访，让他喜出望外。兄弟俩坐在田埂上，面对着绿油油的秧苗，各抒己见，相谈甚欢。

在说到湘西之行时，龙正学以过来人的身份，语重心长地对他说，湘西是东部方言苗族的聚居地，那里有着很厚重的苗族历史文化，如祭祀、古歌等都还保存完整，并仍在湘西方言区广泛流传。但面临的问题也非常严峻，就是随着歌师的老去，如果没有传承人，一旦他们故去，那些古老的苗族文化也会和他们一起消逝，再也无法找到苗族文化的根。所以，龙正学嘱咐他要借这次调查的机会，尽可能多地找到那些歌师，把他们的讲述和唱词以文字的形式完整地记录下来，传给后世。龙正学告诉他，目前湘西还有几位歌师，他们手头还有很多珍贵的资料，要他尽快把这些资料搜集起来，这对他将来从事苗学研究十分有帮助。

兄长的经验之谈，像是一番殷殷嘱托，一番谆谆教诲，在龙伯亚的脑海里扎下了根，并在后来的湘西之行中外化于行，开花结果。他搜集到大量的苗族文化资料，极大地丰富了他对苗学研究的认知和想象，其研究水平和实力不断地显现出来。从那时起，他便正式开始从事苗学研究，加入苗学研究的行列，开始了与苗学研究的一世情缘，成为中华人民共和国成立后成长起来的第一代苗学研究的先行者。

1959年，根据工作需要，他又转入中国科学院贵州民族调查组，任苗族组副组长，参与贵州苗族的调研工作。因为贵州是苗族的聚居区，为了便于工作，他申请把工作单位从北京调到了贵阳。1963年起，他先后任贵州省民族研究所研究室副主任、历史研究室主任以及贵阳师范学院历史系近代史教研组组长。

当年，他好不容易从省城贵阳到首都北京，拥有了一个更广阔的平台，这让许多人十分羡慕。现在他却从北京回到了贵阳，但他并没有因此后悔。因为从苗学研究的角度来说，相对于北京，苗族聚居的贵州一定埋藏着苗族文化的富矿。要想做好苗学研究，就得深入苗寨的田间地头，行走于苗寨的村头巷尾，听老人讲故事，听歌师唱歌。这样，才能够寻找到苗学研究的要义和精髓。所以，为了他热爱的苗学研究事业，他回来了，回到了他出发的地方，回到了原点。也许，这就是他们那一辈人的使命。为了事业，他们可以放弃优越的生活环境和优厚的待遇，甚至可以不计得失，无论在哪里，都能发光发热。这就是他们值得世人尊敬的地方。

有志何惧路漫漫

后来的事实证明，龙伯亚当时的选择是对的。正是这样的选择，成就了他在苗学研究领域的突出地位。回到贵州后，他被安排在贵州省民族研究所工作，从此在贵阳扎下了根，一直没有离开。作为苗学研究的先行者，他的学术精神值得称道。他做研究精益求精，遇到疑问刨根问底，搜集资料身体力行，颇得费孝通、吴文藻等民族学大家的真传，沿袭了父辈的品格和风骨。为了深入研究苗学，取得第一手资料，他不辞辛劳，一个人背着简单的行李，不论春夏秋冬，像一个独行侠，几乎访遍了全国所有的苗族聚居区。他向苗族民间的文人请教，探寻苗族的人文和自然，从中汲取营养，提高苗学研究的能力和底气，以树立起自己的文化自觉与自信，从而更好地从事苗学研究。如此一个人的"战斗"，其劳顿和艰苦可想而知。但就是在这样一次又一次乐此不疲的历程中，他摸清了苗学研究的规律，发现了苗学研究的秘密，总结出苗学研究的经验，找到"克敌制胜"的法宝，从而取得了令人兴奋的"战绩"。在搜集了海量的第一手资料的基础上，他撰写了大量苗学研究的奠基性作品。他的学术思想和学术成就，在一定程度上引领了苗学研究的方向，同时也滋养了一大批年轻的学子。当下的苗学研究，正是沿着他们那一代人开辟的道路继续探索前行。

1984年，为了完成《苗族简史》一书的最后修订，他又一次只身来到黔东南苗族侗族自治州丹寨县排调乡，用了近一个月的时间，跑遍该乡大部分苗族村寨，对这一地区苗族的历史沿革和生存状况进行了深入的调查，为苗族经济社会发展的研究提供了数据和史料支撑。同时，对苗族群众早日脱贫致富起到了积极的促进作用。

当时的排调乡是一个以苗族为主的贫困乡，地处偏远，位于丹寨县东部。当地恶劣的自然环境严重制约了社会经济的发展，其中一部分人还处于深度贫困之中。

当时的排调乡拥有浓厚而独特的苗族文化氛围。别具特色的吊脚楼，五彩斑斓的传统织锦，雅俗共赏的剪纸工艺，精雕细刻的银饰等，它们正以不同的艺术形式，在这片纯净的土地上，记录着苗族古老的历史和独特的文化。在这里，他沉浸于"三月三""六月六""牯藏节""苗年"等洋溢着民族文化气息的节日里不能自拔。在他的宣传推介下，这些丰富多彩的民族节日，逐渐享誉盛名，不断吸引着国内外前来观光的朋友和客人。而被他赞誉为苗族文化瑰宝的"锦鸡舞"，作为这片土地上的一张亮丽的名片，更是把苗族文化的精彩渲染到了极致，已然成为各个节日中必不可少的一道文化大餐。

在无数次地领略了"锦鸡舞"的优美与浪漫之后，他认为"锦鸡舞"表现了苗族人民温和娴静的性格，体现出人与自然和谐相处的状态，凸显着苗族人民古老而绚烂的美学追求，是民间舞蹈中一枝烂漫的山花。

于是，这枝养在深闺人未识的山花，经过他和同事们的研究、宣传和推介，最终走出大山，得以在世人面前惊艳绽放。从此，偏远的排调苗寨令世人刮目相看，声名鹊起，吸引了外界的眼球。人们不顾路途遥远，不畏山高水险，慕名而来，乘兴而去，掀起了一波又一波的旅游热潮。这是文化助推经济发展的典型案例。对此，龙伯亚功不可没。

后来，有一个炎热的夏天，我去凉爽的贵阳拜访他的时候，他正伏在办公室的一张堆满了书籍的桌子上奋笔疾书。他穿着一件有些泛黄的白背心，额头冒着汗，如果不是戴着一副黑框眼镜，看上去他完全像一个辛勤的农民正在盘弄着庄稼。听到我的问候声,他才从书堆中抬起头来,凝望着我,似多年不见的老朋友。他热情地招呼我坐在沙发上,给我倒了一杯茶。之后,我们就聊到了排调,聊到了"锦鸡舞",进而生发了一些关于学术实践的问题探讨。在他看来,研究民族文化,必须站在全局整体的高度,对各个时期一定区域内存在的所有民族的历史文化进行综合调查、分析、研究后,才能得出相对真实可靠的成果。对于那些浅尝辄止、不愿做深入全面调查的分析者,他最喜欢用一句话予以劝告:不知全貌,何以论一斑!

中华人民共和国成立后,苗族人民的生活状况明显改善。无数事实证明,中国共产党是中国各族人民解放事业胜利的领导者和组织者。没有中国共产党的领导,就不可能有革命的胜利,也就不可能有苗族人民的解放。正如苗族人民歌唱的那样:"河里的鱼儿靠水养,田里的秧苗靠太阳,天上的雀鸟靠树桩,苗家靠的是共产党。"

说到这里,他似乎有些激动,道出了自己由衷的感慨。他深情地说:"党和人民把我从一个苗家孩子培养成一名苗学研究工作者,这种成长经历决定了我应当终身践行为人民服务的宗旨。这是我人生道路的方向。"

从北京回到贵阳后,他便开始参与筹建贵州省民族研究所,并任研究室副主任,成为一名专职研究人员。这一干,就是一辈子。他并不因易其地而变其情。此种立场与态度,体现了他高尚的人格以及对民族的责任感。

其间,他曾在贵阳师范学院历史系担任过近代史教研组组长,被安排参与《苗族简史》的编写,还担任历史教师给历史系的学生讲授近代苗族的历史。在编写著作与授课过程中,他从社会发展的角度,通过大量的历史事实证明,结合自己所学的中共党史知识,敏锐地发现了苗族革命斗争的胜利与中国共产党的领导有着密切的关联。为探究这一现象背后深层次的原因,他一头扎进了近代苗族历史的研究中。他撰写了《新民主主义时期苗族人民的革命斗争》这篇研究文章,发表于《贵阳师范学院学报》。文章首次揭示了苗族人民的革命斗争同中国共产党的领导之间存在着直接联系。这一成果的面世，愈发激起他从事苗学研究的兴趣。

在贵阳师范学院教了几年书之后，他又回到贵州省民族研究所，任历史研究室主任，全身心投入苗族史研究中。从此，他的周末和节假日，基本都在图书馆度过，借阅、抄录有关民族的史籍文献，充实历史文化知识成为他生活中最重要的事情。除了阅读大量的史料，他最看重的就是下沉到乡村去做田野调查，这是获得第一手研究资料的最佳途径。所以，但凡有空，他都会深入各个少数民族村寨走访、考察。当然，他去得最多的还是苗族村寨。他通过调研获得了许多文字资料，为日后的论文撰写做了充分的准备。

他搜集整理的材料类型十分丰富，内容涉及民族历史文化的各个方面。他整理的大部分材料都是用苗文记录的，字里行间体现出他一以贯之的哲学、美学观念。

时光荏苒，特殊时期结束后，文化行业又回到了正常的轨道。贵州省民族研究所也恢复了原来的工作秩序。他内心的生机活力又重新被激发出来，像一束穿云破雾的强光，照射在前进的路上。

有了光的陪伴，他的苗学研究事业浴火重生，开始厚积薄发，一路前行，高歌猛进。他在一次次的自我超越中，实现人生价值，展示苗学魅力，接近目标理想，践行使命担当。

这段时期，他是所里最忙的人之一。白天在贵阳师范学院兼职上课，还要担任研究室主任，处理学科建设等一系列重要事务。晚上吃完饭，他就伏案疾书，专心著述，直至深夜。他除了埋头于旧书纸堆中探寻苗族历史文化，还经常去文化保存完好的苗族地区调查，了解民族风俗，在田野调查中寻找知识和灵感。他很快写出了《苗族历史概述》，第一次把苗族的历史作了详细的梳理。作为对兄长龙正学的呼应，这篇长文就发表在1982年第3期的《西南民族学院学报》上。因为这一年，兄长龙正学恢复工作，从贵州江口

调入西南民族学院任教，肩负苗学研究的重任。两兄弟二十年后又一次共同在苗学研究的学术天地里奋斗。尽管一个在贵阳，一个在成都，相去甚远，但心灵相通，各自都写出了一些精彩文章，为苗学研究提供了范式。

1980年，在接到参与国家民族事务委员会（以下简称"国家民委"）安排的《苗族简史》编写任务后，他立即以务实的工作作风和高度的工作热忱，开始进行编写前的准备工作，从此他与这本书结下了不解之缘。他深入贵州省内各县及湘、鄂、渝、川、滇、桂、琼等地区的苗族村寨，对苗族的历史文化与现状做调研。在调研过程中，他亦对相邻的其他民族村寨进行走访，以拓宽视野，增加关联度。这在很大程度上奠定了他以苗族为重点，进而扩展为对整个西南地区的各民族有深入的理解、认识的学术研究基础。

作为《苗族简史》三次铅印稿的编写者之一和部分章节的撰写者，他为此费尽了心思，耗尽了精力。其贡献众所周知，其心日月可鉴。

到了20世纪80年代末和90年代初，在党的改革开放政策的鼓舞下，社会科学研究迎来了春天。他开始对几十年的苗学研究成果进行梳理总结和出版规划。他撰写了一系列的论著和文章。更为宝贵的是，他借用了马克思主义的唯物论原理，对苗族的历史文化进行精辟的分析和独到的解读，使人耳目一新，有着教科书般的价值和意义，更为苗学研究提供了难得的范本，也为苗学研究做出了新的贡献。

事实上，他的贡献是多方面的。他对苗族文献进行了专门的研究，凝聚了几十年的心血，写出了许多相关的理论文章。他在苗学研究中，善于应用汉语言相关理论，把普通语言学和文学理论纳入苗学研究领域，把相关学科有机地结合起来，以达到触类旁通的效果。另外，他利用自己坚实的文学理论功底和良好的汉语文学才能，主持编纂了"苗学研究系列经典丛书"，构建了新时期苗学研究体系。这些都已成为今天苗学研究的法宝，并为苗族文化建设的可持续发展积累了宝贵财富。

因为学术研究成果丰硕，成绩斐然，1987年，他应邀到日本东京、大阪、京都等地进行学术交流，就苗族历史文化做巡回宣讲和推介，受到日本学术界的好评。1988年，《苗族简史》获贵州省哲学社会科学优秀成果奖一等奖。作为编写组成员，他代表获奖者在会上发言，满怀激情地表示一定要戒骄戒躁，努力为社会科学的发展和繁荣做出新的贡献。

结　语

　　无论时代如何变化，沃里坪人总是秉承先辈的遗训，把学习当成安身立命的法宝，相信知识的力量能够助推梦想的实现。所以，一代又一代沃里坪人总是善于用知识去实现梦想，不断地书写着属于自己的传奇。近百年来，许多沃里坪人利用知识改变命运，实现自我超越。他们纷纷走出大山，到无限精彩的大山外汲取丰富的精神营养，并在外面定居下来，成为繁荣都市的建设者和分享者。

　　据不完全统计，从中华人民共和国成立到2019年的70年时间里，沃里坪有近200人通过读书、参军、招工等途径走出去了，仅近十年，就有30多人考取了各类学校，毕业后就留在了外面（这只是直接从沃里坪走出去的人数，并不包括他们在外面工作后养育的子女）。他们之中有大学教授、技术人员、研究人员、医生、军人、商人、公务员、企业主管和私营企业老板等，形形色色。他们的职业五花八门，从业的地点天南地北。但他们籍贯一样，乡音不改，在各自的岗位上发光发热。不论他们走到哪里，沃里坪永远是他们的精神家园。

　　家园是梦开始的地方，有爱，有亲情，有乡愁。家园总是散发出一种生命最初的气息。这种气息始终伴随着他们的成长，成为永远的眷恋。正是因为有了这些人的努力奋斗才造就了沃里坪的传奇。

传奇之中自然隐藏着成功的密码。那么，这个成功的密码到底是什么？通过一次次行走，我对沃里坪这片土地有了深刻的认识。沃里坪百年文脉的薪火相传，秋比山下的袅袅炊烟，田间地头的鸡鸭牛羊，巷道的拐角处沐浴着温暖阳光的老人，水井旁洗菜浣衣的妇女，还有奔跑的少年和他们琅琅的读书声。这一个一个的人，一幅一幅的画面，像一部电影一样，一幕幕浮现在我的眼前，然后定格在我的脑海里。印象最深、也让我最难以忘怀的是听老人讲沃里坪的前世今生。在他们的讲述中，那些遍布于沃里坪房前屋后的文人故事最为生动，最富有传奇色彩。仿佛那些故事里的文人就是沃里坪的明灯，照亮了沃里坪的前路。从某种意义上说，他们的讲述，其实是对文化的致敬。

自然，令沃里坪人感到骄傲和自豪的除了那些赫赫有名的文人，还有那所初建于清朝光绪年间的私塾，以及由私塾衍生下来的义学和松桃第一所省立小学——贵州省立边疆第一实验小学。

由此，我豁然开朗了，似乎破译了沃里坪成功的密码。

创办私塾，兴建义学之后，尝到教育甜头的沃里坪人对教育有了一个全新的理解和认识。在他们看来，有文化才能够有好的生活，有文化才能让生命充满厚度。然而，要想获取知识，成为一个文化人，上学读书便是一条重要的途径。于是，助力办学，送子读书在沃里坪已经成为风尚，并作为优良传统被继承下来。所以，一直以来，沃里坪人初心不改，始终把上学读书、获取知识当作实现人生的理念和奋斗目标的重要途径。再穷不能穷教育，正是在这个理念的支撑和推动下，沃里坪人始终以教育为重。通过对这种教育理念的长期坚守和对办学传统的继承，沃里坪有许多人通过读书走出大山，改变了命运，并铸造了辉煌的人生。

不论是私塾还是义学，还是后来的小学校，龙献庭和他的家族成员一直都注重良心办学，不惜一切代价请最好的老师，营造最好的教学环境，为家境困难的学生提供帮助。如此善举，赢得了周边苗族群众的赞赏。人们纷纷把孩子送到沃里坪读书，接受良好的教育，希望孩子有一个好前程。沃里坪绝大多数的家长总是尽自己所能，为老师和学生捐物资，或者修缮学校，以回馈老师对孩子的培育。老师兢兢业业教书，学生认认真真读书，家长大力助学。一时间，偏居一隅的沃里坪苗寨，呈现出欣欣向荣的教育景象。

许多在这里上过学的人都会被如此浓郁的学习氛围所感染，从而增强了学习的热情和信心。一大批学子在这里通过系统的学习，收获了知识，打开了眼界，然后赴县城或他乡继续完成学业，直至成为社会的栋梁之材。

在沃里坪读过私塾和义学，并在各自从事的行业中有所建树的自然要数龙绍华、龙坤、龙正学和龙伯亚等人。他们辈分不同，年龄也有差异，但却有着共同的私塾或义学情结。是沃里坪的教育培育了他们的心智，也成就了他们的梦想，并开创了他们的未来。

在沃里坪，重视教育的观念像一条永不干涸的河流，滋润着沃里坪的前世今生。从龙献庭的父亲开始，到龙献庭、接着到龙绍华，再到龙正学、龙伯亚，最后到龙志明，他们就像一根链条，串联起有关沃里坪的教育发展脉络，同时也彰显着一个家族的地位和尊严。从他们的身上，我们可以看到他们在时代中留下的奋斗痕迹。虽然，在芸芸众生中，他们只是普通的一员，且命运各有千秋，但耕读传家的基因却深入骨髓。龙献庭、龙绍华、龙坤、龙正学、龙伯亚、龙志明等，这一长串的名字，在这个庞大的家族里，在同一个文化根系中，他们凭借着自己的慧根，在岁月的长河里，锤炼着自己的人格，最后修成正果，成为品学兼优的标杆。这种发展的范本，在松桃苗族地区早已被传为佳话。我由此想到，自司马迁以来，就以世家来命名的那些重要家族，他们对一个地方历史的影响是不可泯灭与取代的。所以，对家族良好家风、家教的继承和发展，才是产生文化凝聚力的便捷路径和最好方式，而不至于成为一盘散沙。

我们知道，影响家族兴衰的因素一般有两种：一个是强大的财力，另一个是深厚的文化。财力是物质性的，它往往会随着岁月的流逝而灰飞烟灭。古人云，富不过三代。这是经验之谈，也是前车之鉴。而文化作为软实力，既可内化于心，也可外化于行。文化可以培养人的远见和卓识，让人时常警惕腐朽和堕落，从而使一个家族始终保持旺盛的生命力。所以，那些世家大族总是把文化建设放在首位。他们往往会不惜一切代价让孩子接受良好的教育，希望学成归来后能用所学知识发展家业，光宗耀祖。同时，他们还懂得用良好的家风促进家族的发展。

沃里坪龙氏家族的荣耀，与龙绍华、龙正学、龙伯亚对苗族文化研究做出的历史性贡献密不可分，是他们铸就了家族的荣耀。他们用思想考量故乡，用文化诠释故乡，用生命拥抱故乡。

他们的文化传承有着自己的谱系，这也决定了他们在精神上是承前启后、继往开来的。从他们的人生经历来看，他们都在各自的岗位上不同程度地发掘了苗族的历史文化，同时，他们也是苗族文化的选择者和继承人。然而，仅仅把他们看成是苗族文化的继承者是不够的。他们不是简单地继承，而是在继承的基础上还加以创新和弘扬。取其精华，去其糟粕，这是他们对苗族文化的重要贡献。正是父辈的言传身教，让他们感受到了苗族文化的丰富多彩，并立志为苗族文化的传承和弘扬做出贡献。这是他们的初心，也是他们为之奋斗了一辈子的事业。今天，当我们重新回望这些已经逝去了的老人，想起他们在耄耋之年的时候，依然没有忘记自己的初心和使命，依然在为文化的复兴奔走相告，奋笔疾书，为后世留下了大量无比珍贵的田野笔记和研究资料，为我们重返历史上的某个场景提供了快捷的路径和通道，这份精神值得后人传承和发扬。

后　记

　　沃里坪作为松桃苗族地区的一个文化村落，一直是我心仪的地方。我曾无数次试图走进它的内部，走进它的"核"，却始终没有成行。2020年，因为沃里坪乡贤馆的修建，终于让我获得了进入沃里坪的"入场券"。作为沃里坪乡贤馆修建的倡导者，我有机会对沃里坪的历史文化进行探索和追寻。在我行走于沃里坪的时候，村庄里流传的故事总是以一种奇妙而美好的方式进入我的脑海，有意和无意地触碰我的文学神经，从而激发了我的创作灵感。

　　作为对沃里坪乡贤馆的文化补充和精神呼应，本书从人文的视角，在时间的流逝中和历史的缝隙间，搭建起人的命运与文化的关联，并形成知识救赎的沃里坪样本。苗族知识分子龙绍华、龙正学和龙伯亚就是其中的代表。他们通过对知识的把握和运用，完成对自己的重塑，从而改变了自己的命运。他们的求知精神和学术贡献就是乡贤馆的立馆之本，也是偏居一隅的苗乡村寨特有的文化底气，更是我了解和书写沃里坪的重要内容。

　　走进沃里坪，我深刻地认识到，沃里坪人重视教育和尊重知识的观念已经成为一种家风并得以传承，这种观念犹如一条隐秘的河流，滋润着沃里坪的前世今生。从这个意义上说，沃里坪确实算得上是众多苗族村寨中重视教育的代表。解读它，至少可以对苗族村寨的历史文化和现实境遇保持清醒的

认识，不至于为某一暂时出现的氛围而轻易地鼓掌或叹息。

要特别强调的是，我的书写只限于对沃里坪部分极具代表性的文化事象进行描述和解读，与此无关的人和事并不在书写之列。另外，对龙绍华、龙正学和龙伯亚三位老人的介绍，也有所侧重。本书只是从文化的层面，对他们的成长经历、性格培养和人生际遇进行简单的评述和梳理，并非人物的传记。所以，它与传记的内容和体例会有所不同，使得一些历史的真相和生活的细节被忽略或被遮蔽，以至造成某些内容的缺失或不完整，可能会让读者产生疑虑和误解，敬请谅解。

知识救赎是本书的创作基点，主要探寻的是一个人的命运走向与知识的关联。我当初的构想就是以龙绍华、龙正学和龙伯亚为典型个案，扣住他们一生对知识的执着追求和对命运的无畏抗争，从他们的求学经历、思想内涵、研究风格、著述成果和人格魅力等不同侧面展开论述，以期让读者从中窥见沃里坪的文化全貌。

我的这种构想是不是实现了，还望各位方家品评。

在此，我要感谢沃里坪的龙清化、龙小三、龙建根等人，是他们在我走访期间为我打开了一扇又一扇认识沃里坪的窗口。尤其要向龙征兄弟致谢，是他在百忙之中帮我搜集了大量的素材，对我有求必应，无时无刻不流露出真挚友善和主动热情的态度。如果没有他的鼎力相助，本书的写作进度会缓慢得多。

此外，我还要感谢松桃苗族自治县苗学会在资金方面给予我足够的支持，让我遍访三位老人曾经生活和工作过的地方，完成第一手资料的搜集。我还要感谢松桃苗族自治县苗学会龙正吉老会长和各位同仁，是他们的鼓励和协助，让我生发了书写的勇气。特别要感谢龙群跃书记站在文化建设的高度，对本书的创作提出高屋建瓴的指导性意见。

最后，我要感谢沃里坪这片美丽而富饶的土地，是它赋予了我创作的激情和灵感。

　　细数起来，从谋划到资料搜集，最后形成文本，本书的写作刚好用了10个月的时间。旅途劳顿，伏案疾书，消耗了我太多的精力。尽管我深知，以文学的方式书写地方的历史和人物是一件十分不易的事情，但我还是要知难而上。明知山有虎，偏向虎山行。这不为别的，只为向那些值得尊重的人致以崇高的敬意！

完班代摆　谨呈

2022年7月28日